amores proibidos

Meu amor é um SOBREVIVENTE

Organizado por

Ana Lúcia Merege
Janaina Chervezan

1ª edição

Editora Draco

São Paulo
2013

Publisher: Erick Santos Cardoso
Produção editorial: Janaina Chervezan
Organização: Ana Lúcia Merege, Janaina Chervezan
Revisão: Eduardo Kasse e Ana Lúcia Merege
Capa: Ericksama, Dana Guedes (foto)

Dados Internacionais de Catalogação na Publicação (CIP)
Ana Lúcia Merege 4667/CRB7

Meu amor é um Sobrevivente / organizado por Ana Lúcia Merege, Janaina Chervezan. – São Paulo : Draco, 2013. – (Amores proibidos; 4)

Vários autores.
ISBN 978-85-8243-026-2

1. Contos brasileiros
I. Merege, Ana Lúcia. II. Chervezan, Janaina. III. Série.

CDD-869.93

Índices para catálogo sistemático:
1. Contos : Literatura brasileira 869.93

1ª edição, 2013

Editora Draco
R. César Beccaria, 27 - casa 1
Jd. da Glória - São Paulo - SP
CEP 01547-060
editoradraco@gmail.com
www.editoradraco.com
www.facebook.com/editoradraco
twitter: @editoradraco

Sumário

Pode o amor florescer em meio à catástrofe?

por Ana Carolina Silveira

O fim do mundo. Da última vez, estava marcado para 2012, mas a cada dia que passa estamos mais próximos do fim de tudo. E como será? Acabará em chamas, em água, na batida de um meteoro, em peste, em guerra?

Este é um assunto fascinante e que faz parte de nossa cultura ocidental de forte tradição cristã. Para o cristianismo, o mundo é uma construção linear, onde houve um começo e haverá um fim. Nossa própria vida é linear: nascemos e temos uma única certeza, a de que vamos morrer um dia. Da mesma forma que a morte representa a certeza, e somos a única espécie até onde sabemos que possui consciência de sua iminência, a vida está estreitamente ligada à incerteza, à noção de que tudo o que é hoje pode deixar de ser amanhã.

Sabemos que, de acordo com as teorias científicas, o fim do mundo tem data para acontecer: daqui a alguns bilhões de anos, o Sol aumentará sua massa e engolirá o planeta Terra, bem como alguns bilhões de anos depois vai ser o fim do próprio Sol. Também especula-se que o próprio tempo do universo seja finito – mas, até esse longínquo tempo chegar, já não existiremos mais nem como indivíduos e nem como espécie. É possível inclusive que já não haja mais vida no nosso planeta azul. Então, não faz assim tanta diferença.

Mas o fim do mundo não coincide necessariamente com o fim do planeta – atrela-se especialmente ao fim da humanidade ou ao fim da civilização. A Terra já passou por pelo menos cinco grandes extinções em massa, sendo a última delas a que levou os dinossauros, por que não passaria por outra? Mas o grande atrativo do fim do mundo é a sensação de que este está próximo, que acontecerá na geração presente ou na futura, que está ali ao se dobrar a esquina. Que é uma ameaça real e imediata.

Já vivemos o fim do mundo algumas vezes: vários impérios se levantaram e caíram, seja como o Império Romano, que esfacelou-se levando consigo toda uma cultura, seja o Asteca, exterminado pelos espanhóis interessados em suas terras e recursos. Várias culturas também previram seu próprio fim, como o mito zoroastrista (de muita influência na escatologia cristã, também derivada da judaica), o Ragnarok nórdico ou o fim do mundo dos povos indígenas americanos. E, mesmo hoje em dia, como vimos em 2012, as profecias sobre o fim do mundo são extremamente populares.

O fim é a certeza num mundo de incertezas – e, às vezes, a extinção da humanidade esteve realmente próxima. No auge da Guerra Fria, havia o temor real do apocalipse nuclear, a sensação de que não poderia haver um próximo dia. Hoje, estamos conscientes de que nossa sociedade de consumo não é ambientalmente sustentável, que estamos provocando uma nova extinção em massa com nossa exploração predatória de recursos naturais, que nós mesmos podemos provocar o nosso fim.

E, claro, existe um reflexo cultural em momentos em que tudo é incerto: os medos de uma sociedade em mutação transformam-se em temores do fim desta sociedade.

Se antes havia o medo do apocalipse alienígena (do agente externo que destrói a civilização como a conhecemos), hoje tememos os zumbis (um agente interno dessa civilização que se volta contra ela de forma destrutiva). Desejamos o equilíbrio do mundo e a ficção nos desperta para o medo do caos.

Há também uma vertente do fim da civilização: a de que no recomeço, vivamos os terrores de uma distopia, oprimidos por um grande poder central e despidos da liberdade como cidadãos e da dignidade de seres humanos. É um fim do mundo de viés político e, talvez, um dos mais assustadoramente reais: se não vigiarmos, seremos esmagados.

Mas todo fim pode trazer consigo a esperança de um recomeço. Após o Juízo Final, o paraíso eterno daqueles que forem bons, no Ragnarok, um casal será poupado para repovoar a humanidade. E mesmo sob um ataque de zumbis, haverá aquela pessoa especial a ser protegida, a força extra para a luta.

Poucas coisas são mais subversivas do que o romance. De

1984, em que o romance faz Winston reagir contra o sistema do Grande Irmão, ao moderno Jogos Vorazes em que o romance é usado para sabotar a dinâmica dos jogos, a força motriz da revolução passa pelo envolvimento amoroso entre duas pessoas.

E será o romance, seja plantando sementes para um novo futuro ou dando forças para superar um presente difícil, o que você encontrará neste livro. Aqui, temos relatos de sobreviventes de grandes tragédias ambientais e de guerras sem fim que buscam recomeçar; pessoas normais que precisam se tornar soldados para enfrentar a ameaça dos zumbis; revolucionários que conciliam a luta contra o sistema opressor e o romance. São nove histórias e as autoras nos apresentam personagens e cenários variados sobre como romances impossíveis e improváveis podem acontecer tendo por plano de fundo o fim. Há momentos divertidos e trágicos, doces e amargos, felizes e tristes. Há perseguições e lutas, mas também cenas introspectivas e reflexivas. Temos o romance, mas o final feliz nem sempre é possível.

Em **A Cidade do Eterno Verão**, **Mariana Bortoletti** nos leva a uma sociedade pós-apocalíptica que procura pela lendária terra prometida; já em **Chocolate**, **Karen Alvares** nos mostra a luta de uma menina que se apega às pequenas coisas da vida para sobreviver a um ataque zumbi. O mesmo tema volta em **Dias de Sombra**, de **Bruna Louzada**, sobre conciliar a vida normal de adolescente e a resistência contra os zumbis. **Fundo do Abismo**, de **Carol Chiovatto**, mostra a humanidade tentando se reconstruir após o apocalipse nuclear, com a ajuda de um aliado inesperado. Em **Futuro do Pretérito**, de **Patrícia Loupee**, passado e presente se mesclam para acompanhar a luta cega pela sobrevivência que vai muito além dos inimigos. Em **Para Você, Com Amor**, de **Allana Dilene**, numa distopia clássica talvez o romance seja o efeito colateral inevitável da luta, enquanto em **Sandarach**, de **Christiane Salles**, o apocalipse é apenas o primeiro adversário a ser enfrentado pela sobrevivência. Em **Uma Cidade Chamada Anomia**, de **Lidia Zuin**, uma distopia próxima demais da realidade onde poucos conseguem enxergar fora das ilusões plantadas e, em **Vitória**, de **Roberta Grassi**, a vida de treinamento militar pode ter suas compensações.

Então aproveite que ainda temos algum tempo antes do fim e divirta-se com as histórias de quem esteve lá e sobreviveu!

Ana Carolina Silveira
Belo Horizonte, 3 de Outubro de 2013

Meu amor é um

SOBREVIVENTE

A Cidade do Eterno Verão

Mariana Bortoletti

Ficar sentada dentro de uma carroça e ter a visão limitada pela sua cobertura não era a função mais adequada a uma guerreira numa caravana que cruzava os desertos do novo mundo. No entanto, quando aquela guerreira tinha desobedecido a uma ordem?

Seu posto original exigiria que estivesse sobre um cavalo, portando uma espada curva na cintura e rastreando as areias ao seu redor atrás de qualquer sinal de perigo. Agora, porém, ela estava dentro daquela carroça justamente por conta do seu olhar rastreador. Com ele, havia localizado uma montoeira de tecidos sobre uma duna e percebera tratar-se de um ser humano. Era um dever implícito das caravanas ajudar qualquer pessoa perdida no deserto – e assim, ainda que a pessoa em questão talvez já estivesse morta, a guerreira dera um grito de alerta e galopara até a duna.

O monte de tecidos tomara a forma de um rapaz com feições e cores que ela jamais havia visto. Ele não carregava nenhum pertence além de uma bolsa de couro preenchida com rolos de papel, a qual segurava com tanta gana que parecia ser mais importante do que sua própria vida. Por apenas alguns segundos ela havia ficado sozinha com o sobrevivente, mas logo outros guerreiros chegaram acompanhados pelo líder da caravana. "Ele respira", ela dissera ao líder, o homem que a adotara quando ela era uma criança esquecida em uma cidade estranha. Em resposta à informação, ele acenara com a cabeça, e o corpo desmaiado do sobrevivente fora levado para uma das carroças a fim de ser cuidado e hidratado até acordar.

"Eu sei que é demais pedir para você deixar o seu posto, mas não confio em mais ninguém para garantir que esse sobrevivente não seja uma armadilha das hordas", o líder dissera para a guerreira quando ela pretendeu retomar seu posto nas bordas da caravana. Ele conhecia aquela menina havia tempo demais para saber que uma tarefa como aquela não lhe agradaria, mas não conseguia pensar em nenhum outro guerreiro que pudesse ser gentil e cruel ao mesmo tempo, quando necessário. Garantir que o sobrevivente não fosse uma armadilha era uma tarefa para quem tinha a paciência de esperar que ele acordasse, a sutileza no interrogatório e mão firme para uma possível execução.

Porém, mesmo concordando com a tarefa, ela não tinha a menor dúvida de que aquele sobrevivente era um rapaz qualquer, um aventureiro perdido no deserto infinito do novo mundo. Depois da onda de calor que varrera as florestas, os oceanos e mudara completamente o estilo de vida dos humanos, era comum que os jovens saíssem atrás de aventuras, quase sempre despreparados. O mundo tinha mudado muito depois do cataclisma. Grandes oceanos eram agora pequenos mares, continentes verdes tinham se transformado em uma imensa porção de terra árida e os espaços que ainda conseguiam manter seus recursos naturais foram cercados por muralhas tão altas e grossas que eram impossíveis de se atravessar. Isso tudo tinha acontecido quase cem gerações antes da guerreira, tempo suficiente para mudar completamente o mundo que as pessoas conheciam.

Os espaços fechados atrás de muralhas eram conhecidos como *nações*. Elas funcionavam como mundos independentes, sem relações com as Cidades Soltas ou as caravanas, embora o comércio moderado ainda fosse permitido. Eram poucas as nações que permitiam estrangeiros em seus domínios, por isso a maioria ainda preferia viajar até as Cidades Soltas, fundadas por mercadores ou viajantes ao redor de oásis e dos rios que ainda restavam. Tais cidades abrigavam grandes concentrações de pessoas que tentavam voltar a ter uma vida normal. A guerreira nunca tinha passado pelos muros das nações e pouco conhecia das Cidades Soltas, a não ser as poucas vezes que a caravana tinha erguido acampamento perto delas.

E, mesmo assim, jamais vira alguém parecido com aquele sobrevivente.

As pessoas nas caravanas e nas hordas tinham pele escura ou escurecida pelo sol, cabelos grossos e olhos escuros. Usavam túnicas e calças largas feitas de tecidos leves e claros, que as cobriam por completo a fim de protegê-las da ação malévola do sol fervente. Nas Cidades Soltas também era assim. A grande diferença estava nos tecidos variados e coloridos usados em suas túnicas e na limpeza de seus corpos, pois os narizes também eram largos e o jeito de falar era igualmente musicado.

O sobrevivente não era um viajante como a guerreira ou os membros de horda, e não pertencia a nenhuma Cidade Solta que ela já tinha visto. Se fosse facilmente impressionável, teria ficado absorta com a explosão de cores e com as feições delicadas dele. O rapaz tinha cabelos compridos amarelos e pele rosada com leves sinais de queimadura solar. Suas roupas eram feitas de tecido pesado e tinham cores escuras, o que devia ser insuportável por causa do calor nas dunas. Ou aquela armadilha não tinha falhas ou o rapaz não tinha a menor experiência como viajante de deserto.

A guerreira inclinou-se a pensar na segunda opção. Com um suspiro, ela derramou mais algumas gotas de água fresca por entre os lábios do sobrevivente e percebeu que eles já não estavam tão secos como quando o encontrou. Já haviam se passado algumas horas, mas o rapaz não parecia fazer questão nenhuma de acordar do seu desmaio.

O Sol estava baixo e a carroça começava a avançar em um ritmo lento e enjoativo. Isso indicava que a caravana estava prestes a parar para montar acampamento, já que viajar à noite apenas facilitava a ação das hordas. Era bom que o sobrevivente acordasse antes. A guerreira não mexera nas coisas dele, pois não gostaria que alguém mexesse nas suas, mas, se ele não acordasse para dar as respostas de que ela precisava, talvez não fosse um crime procurar por elas em sua bolsa de couro.

A guerreira se esticou sobre ele e pegou a bolsa com uma das mãos, enquanto a outra buscava um dos rolos de papel. Seus dedos avançavam para abrir o rolo quando um grito rouco e gutural soou às suas costas. Era uma língua que ela não conhecia, e que a fez puxar a espada por simples reflexo.

O sobrevivente tinha acordado e, num salto, puxara a bolsa de couro de suas mãos, mas no caminho encontrou a lâmina da espada curva entrando em contato com a pele rosada de seu pescoço. Os rolos voaram pela carroça e se espalharam por todos os lados.

"Desculpe", ele pediu na língua das caravanas. Tinha percebido que a guerreira parecia um pássaro acuado, que se defendia e atacava ao mesmo tempo. Ela considerou se deveria falar, mas antes que pudesse dizer qualquer coisa o sobrevivente voltou a abrir a boca, iniciando um grande discurso.

"Eu não devia ter atacado você, mas esses mapas são muito importantes para mim e para a minha jornada. Sem eles, eu estaria morto há muito tempo. Aliás, foi você quem me encontrou?"

A guerreira concordou com a cabeça, notando que o amarelo e o rosa não eram as únicas cores nele. Seus olhos eram verdes como uma árvore viva.

"Obrigado", o sobrevivente respondeu. Em seguida, engoliu com um estalo, raspando o pomo de adão na lâmina da espada curva. Sua fala na língua das caravanas tinha um forte sotaque, diferente até mesmo do sotaque dos falantes do *caravaniano* das Cidades Soltas.

"O que você busca?", ela perguntou após alguns segundos.

"A Cidade do Eterno Verão", respondeu o sobrevivente, depois de um tempo no qual pareceu considerar se diria a verdade ou não. Antes que a guerreira pudesse ter qualquer reação, ele completou: "Eu sei que todos acreditam que isso é uma lenda, mas é o que eu busco. Trago comigo os mapas dos desertos do novo mundo para me guiar até ela".

Influenciada pela aparência dele, seu sotaque e aquela última informação, a guerreira baixou a espada, mas não a embainhou. O sobrevivente até podia não ser um membro de horda, mas, com certeza, tinha perdido o juízo.

As Cidades Soltas se tornavam cada vez mais raras à medida que as hordas aumentavam. Várias delas tinham virado apenas histórias. Porém, a mais lendária de todas era a Cidade do Eterno Verão. Era um lugar que ninguém sabia se um dia tinha existido e se ainda existia, mas que prometia sombra constante, água abundante e pessoas gentis e educadas. A guerreira tinha ouvido histórias sobre aquela cidade desde que era uma criança e, provavelmente, o mesmo acontecera com o sobrevivente. Mas ela preferira encarar a realidade.

Com um arquear discreto de sobrancelhas, ela resolveu ignorar a loucura do rapaz.

"De onde você veio, quem é você e por que tem todos esses mapas dos desertos?"

"Eu venho da Cidade Solta de *Norr*. Fica ao norte e meu pai era o líder de lá, por isso eu tenho esses mapas. Uma horda nos atacou há duas voltas de lua e meu pai me fez fugir e prometer que tentaria encontrar um lugar seguro. Eu escolhi a Cidade do Eterno Verão como o meu lugar seguro". Não havia nada em sua expressão que indicasse que ele não levava a sério aquele objetivo. "Meu nome é..."

Nesse ponto, ela o interrompeu.

"Seu nome pouco importa aqui, pois tenho certeza de que todos chamarão você apenas de sobrevivente", informou, antes de sair da carroça sem qualquer aviso. Só embainhou a espada quando estava do lado de fora.

O sobrevivente nunca tinha visto uma garota como ela, com aquele comportamento e aqueles modos. Todas as garotas que ele conhecia tinham cabelos longos, usavam tecidos finos, caminhavam com graça e gostavam de ser olhadas, mas aquela guerreira parecia querer se esconder. Usava trajes masculinos grandes demais e cobria completamente seu corpo e rosto, deixando apenas os olhos castanhos de fora. E, mesmo que ela parecesse uma selvagem, o sobrevivente a considerou a mais interessante de todas as garotas.

Depois de relatar o acontecido ao líder, a guerreira voltou ao seu posto na beira da caravana, e só quando a noite chegou tornou a ver o sobrevivente. O líder considerou que não haveria perigo em deixá-lo andando pelo espaço aberto enquanto as pessoas trabalhavam na montagem do acampamento, mas ordenou que a guerreira não tirasse os olhos dele. Não foi preciso que ela o procurasse para isso, porque ele ficou por perto enquanto ela montava sua tenda, acendia uma fogueira e sentava para afiar a lâmina de sua espada.

No centro do acampamento, as mulheres cozinhavam e alguns homens pegavam instrumentos musicais. Não demorou para que as crianças dançassem ao redor do fogo e alguns jovens formassem pares. O sobrevivente não se juntou a eles, preferiu ficar ao lado da guerreira em sua pequena fogueira.

"Você está perdendo a dança", ele disse, em tom divertido, parecendo se esquecer de que qualquer palavra mal compreendida faria com que a lâmina recém-afiada tocasse sua garganta novamente. A guerreira notou que ele tinha a bolsa de couro aos seus pés, bem segura.

"Eu sou uma guerreira, eu não danço", ela respondeu, agitando a espada em direção ao fogo. "Por que chegar à Cidade do Eterno Verão é tão importante? Ninguém que tentou encontrá-la voltou e, pelo pouco que eu conheço de você, é possível que morra antes da lua completar uma volta".

Suas palavras eram duras, mas o sobrevivente ignorou o tom.

"Era importante para o meu pai, para o pai dele e para o pai do meu avô. É como uma herança", foi a resposta. "Esses mapas passaram por gerações até chegar a mim com informações precisas. Eu consigo localizar a cidade no mapa e é por isso que eu estou viajando para o sul".

"A única coisa que você encontrará se continuar viajando para o sul é o Deserto de Vidro, e a morte", ela disse, dessa vez olhando–o e deixando a lâmina de lado. Seus olhos castanhos refletiam a luz laranja do fogo. Ela não mentia, pois no centro daquele novo mundo havia uma larga extensão de terra com temperaturas tão elevadas que muitos diziam poder transformar a areia em vidro. "É mais seguro seguir para o norte conosco, chegaremos a *Kesela* no intervalo de uma lua".

Não foi preciso que ela explicasse o que era *Kesela*, pois o rapaz a conhecia como a mais segura das Cidades Soltas devido a sua localização montanhosa. Para o sobrevivente, viajar até a Cidade do Eterno Verão não era uma questão de escolher o mais seguro, mas sim de cumprir uma promessa. Ele mal tinha sentido a morte do pai por causa da promessa que o mantinha vivo. Parecia que, quando o sobrevivente finalmente chegasse à tal cidade, seu pai estaria lá esperando por ele. Assim, não respondeu nada à guerreira, mas voltou seu olhar para os que dançavam. A garota não parecia ficar confortável perto deles.

"Você tem família?", ele perguntou, curioso por ela estar tão longe de todos e por ninguém ter vindo buscá-la.

"Um pai que me escolheu", ela disse, apontando para um homem de feições desconfiadas, com longos cabelos cacheados e barba grossa. Aquele que lhe tinha sido apresentado como o líder da caravana.

"Ele me encontrou em um cesto quando eu era um bebê

em alguma Cidade Solta. Eu nunca quis saber. Ele me criou como uma filha, mas nunca ralhou por eu ser como um filho". Ela pareceu ter dado um sorriso ruidoso, mas o tecido que encobria seu rosto não deixou que o sobrevivente o confirmasse. "Eu agradeço por isso todos os dias, senão eu estaria em uma Cidade Solta sozinha, fazendo sabe-se lá o que para me manter viva".

"Que sorte a sua", o sobrevivente observou.

Assim que ele terminou de falar, a interrupção da música fez com que os dois se erguessem. Os olhos da guerreira se arregalaram – e, em um segundo, a espada curva estava em posição de ataque. Gritos devoraram o silêncio da planície quando o ruído de metal contra metal começou a ecoar. A guerreira já tinha voado para onde a batalha acontecia, mas o sobrevivente foi tomado pelo medo: aquilo era um ataque de horda como o que tinha destruído sua cidade e matado seu pai.

Ele não sabia o que fazer, mas sua primeira atitude foi prender a bolsa de couro ao seu corpo e buscar se proteger. O sobrevivente não sabia lutar. Nunca pensara em aprender, pois fora criado para ser um governante, e os governantes de Norr jamais se envolviam nas batalhas. Por um segundo, ele considerou roubar o cavalo da guerreira e fugir, mas o barulho do ataque da horda o deixou perturbado demais para isso. Crianças e mulheres corriam, enquanto os homens das hordas, com seus rostos cobertos por tecidos, agitavam as armas contra eles. Os guerreiros da caravana lutavam com mais de um membro de horda por vez, inclusive a guerreira. Ela enfiava a espada em um deles enquanto chutava outro e tentava abrir caminho até o líder.

O sobrevivente pareceu antever o que aconteceria. Os membros de horda eram muitos; durante o curto tempo que durou aquele ataque, ele percebeu os mais frágeis sendo assassinados e os mais fortes sendo abatidos lentamente. O líder da caravana lutava com dois homens ao mesmo tempo quando uma espada cortou sua garganta e o sangue tingiu a túnica clara da guerreira. O corpo dela enrijeceu e sua espada pareceu lutar sozinha, atingindo mais homens do que ela conseguiria sem a ajuda daquela explosão de adrenalina.

O sobrevivente abandonara a ideia de fugir a galope, mas ainda assim saltou sobre o dorso do cavalo e avançou pelo acampamento, sem mudar de rumo ou diminuir a velocidade quando segurou a guerreira pela cintura e a colocou com dificuldade sobre a montaria.

"Eu quero voltar!", ela esbravejava, lutando para ser colocada no chão. Sua espada tinha sido perdida quando o sobrevivente a ergueu no ar. Suas mãos e pés tentavam alcançá-lo, mas apenas atingiam o cavalo, o que deixara o animal ainda mais agitado. Eles não estavam sendo seguidos, embora o sobrevivente não deixasse de olhar para trás à procura de qualquer ameaça; se fossem perseguidos, podiam contar apenas com a velocidade da montaria, pois nem mesmo a espada a guerreira ainda carregava.

A explosão de adrenalina demorou a deixar o corpo dela, mas, quando o fez, a guerreira pareceu pesar cem quilos e ter um rio inteiro para chorar. Ela explodiu em um choro nervoso e visceral, permanecendo pendurada sobre o lombo do cavalo, como se não tivesse forças para mais nada.

O sobrevivente não sabia o que fazer. Não sabia se a consolava, se a tocava, se fingia ignorar a perda ou se devia se concentrar em achar um lugar seguro. Enfim, escolheu duas das opções. Pousou uma das mãos sobre o seu ombro, enquanto a outra guiava o cavalo para uma planície árida ali perto, onde ele já havia passado e onde tinha certeza de existir um oásis. Ele tentou não pensar para onde iriam quando o dia amanhecesse; de repente, sentiu medo de viajar sozinho novamente. A guerreira tinha razão, ele terminaria morto, fosse pelo ataque de alguma horda ou pela falta de suprimentos. Ele se viu desejando viajar com a experiência dela e encontrar a Cidade do Eterno Verão em sua companhia.

O sobrevivente não precisou consultar seus mapas para encontrar o que procurava. O cavalo estava visivelmente cansado pela corrida desenfreada, e ele começava a achar que precisaria parar no meio do deserto. Foi quando enxergou a árvore raquítica. Ela marcava o lugar onde uma fonte de água doce brotava do chão e uma grama seca cobria dois metros de terreno. Não era parecido com os oásis que as caravanas costumavam encontrar, mas servia para seus propósitos.

Quando o cavalo parou sobre a grama e o sobrevivente desmontou, a guerreira já não chorava sem controle, mas soltava lágrimas silenciosas por entre soluços esporádicos.

"Estamos em um lugar seguro", o sobrevivente mentiu ao contornar o cavalo para encará-la nos olhos e convencê-la a descer. Ele não tinha como saber se o local era seguro, mas imaginava que não, pois os desertos nunca eram. Nem mesmo quando se andava em caravana.

O corpo da guerreira continuava pendurado sobre o lombo do animal. Só quando o contornou o rapaz pôde perceber a desordem na qual ela se encontrava. Suas vestes estavam manchadas pelo sangue dos homens de horda e pelo do líder. Os tecidos que cobriam sua cabeça tinham caído e seus olhos estavam vermelhos pelo choro. A guerreira tinha ares grosseiros em meio a feições ternas. A boca era uma linha curvada naturalmente, aparentando um eterno sorriso, enquanto a pele tinha um tom dourado que se assemelhava ao castanho de seus olhos. Seus cabelos eram cabelos grossos e cacheados como os das outras mulheres da caravana, porém os dela eram curtos e tinham mechas jogadas em qualquer direção. Ela não era essencialmente bonita, mas ainda assim ele a achou fascinante.

"Deixe-me ajudar você", o sobrevivente disse finalmente, ousando carregá-la até a árvore raquítica. Ela não se opôs a isso. Pelo contrário, sua mente parecia não estar ali. Ela não ouviu quando ele disse que iria procurar lenha e não percebeu quando ficou sozinha. Não conseguia pensar direito, pois sua mente estava ocupada reproduzindo cenas que não queria recordar. Ela via novamente o sangue do pai espirrando em sua roupa, via os homens de horda passarem as espadas curvas pelos pescoços de crianças, via guerreiros perderem sua força depois de lutar com vários homens ao mesmo tempo. Mesmo quando fechava os olhos, as cenas continuavam ali, trazendo apenas uma certeza para a guerreira: a de que, agora, ela estava completamente sozinha. A família que conhecera e toda a sua realidade tinham sido destruídas em menos de cinco minutos.

A guerreira se sentiu morta junto com a caravana. Apenas por um segundo, desejou acabar com aquilo de uma vez; mas tão rápido o pensamento veio, tão rápido foi embora, porque era bobagem pensar em tirar sua própria vida quando a natureza ao seu redor a obrigava a lutar por ela todos os dias. Não, ela não desistiria de sua própria existência, embora se sentisse muito fraca para pensar em como resolver isso. Talvez pudesse encontrar outra caravana ou criar raízes em uma Cidade Solta...

Um soluço alto a fez parar de tentar ser racional. Ela havia perdido todos aqueles que conhecia e amava. Nenhuma clareza de ideias poderia afastá-la daquele luto.

A guerreira também não percebeu quando o sobrevivente retornou e nem quando ele deu o trabalho de acender a fogueira por terminado. Só voltou a se dar conta de sua presença quando ele se sentou ao seu lado e a encarou. Seus olhos verdes como uma árvore viva demonstravam empatia e uma ponta de compaixão.

"Sei como você se sente", ele declarou, voltando a encarar o fogo. "Eu perdi meu pai, minha casa e todos aqueles que eu conhecia em uma noite igual a essa... Só me restou uma promessa por cumprir".

"Uma promessa que vai matar você", ela disse com voz rouca e cheia de amargura, também encarando o fogo. Além dos lampejos do ataque, o cheiro de suas roupas estava começando a incomodar. O sangue estava secando e se misturando ao suor Aquilo a fez torcer o nariz.

Sem dizer mais nada e nem se importar com o que o sobrevivente poderia pensar, ela retirou a túnica manchada por cima da cabeça, conservando apenas as roupas mais simples e finas que um guerreiro da caravana poderia usar. O sobrevivente fingiu não perceber que aquelas roupas marcavam um corpo de curvas generosas.

"Você insiste na ideia de que a Cidade do Eterno Verão é uma mentira!", ele articulou, perturbado com a visão do corpo da guerreira e consternado por não ser levado a sério. "Eu confio nos mapas que minha família me deixou".

"Eu não duvido disso", ela respondeu, com a voz arrastada e os olhos cobertos por lágrimas secas. "Eu apenas me preocupo com essa obsessão por um lugar que nem ao menos manda notícias. Quantas histórias nós não ouviríamos se essa cidade existisse mesmo? Quantas pessoas não teriam voltado para nos contar como ela é?", ela terminou o discurso, ainda encarando o fogo.

"Eu não quero mais falar disso", o sobrevivente replicou depois de alguns segundos de silêncio.

A guerreira o olhou diretamente pela primeira vez naquela noite, acenando com a cabeça. Parecia, de fato, perdida e solitária. As lágrimas secas tinham deixado seu rosto abatido e sua postura estava encurvada. Ela estava frágil e parecia precisar de conforto, mas ele não era ousado o suficiente.

"Eu também não quero", ela falou enquanto se erguia para caminhar até a fonte de água doce. Encheu as mãos de água e jogou uma grande quantidade dela em seu rosto. Os soluços não a tinham abandonado, mas o choro já se extinguira.

"Eu quero apenas ficar quieta e tentar esquecer que estou sozinha no mundo agora".

Era definitivo e dramático, mas quem poderia culpá-la? Na verdade, o sobrevivente a admirava, porque ela havia conseguido expressar seu luto. Ele nem mesmo se sentira tentado a chorar.

"Eu ainda não chorei pela morte dos meus", declarou, observado por aqueles olhos brilhantes. "E se você quiser, pode contar comigo para não se sentir completamente sozinha".

Até mesmo o sobrevivente se considerou audacioso com aquela declaração, mas não era uma mentira. Não queria ficar sozinho, não queria procurar um lugar para si numa estrada solitária. Ele esperou que a guerreira ignorasse aquela frase, que fosse até a árvore raquítica e lá ficasse como se ninguém tivesse dito nada, mas ela caminhou até ele, jogando os braços ao seu redor e envolvendo-o em um abraço apertado.

Por um segundo, ele não conseguiu se mexer devido à surpresa, mas a enlaçou pela cintura e enterrou o nariz em sua pele, sentindo o estranho e reconfortante cheiro de suor e perda que ela exalava. Ele não soube precisar quanto tempo tinham ficado abraçados ou quando foi que ela afastou seu rosto e o convidou, com um olhar, a tocar seus lábios secos. Ela nunca tinha beijado um rapaz antes, nunca tinha tocado um deles e nunca tinha se aproximado tanto de um sem cortá-lo com a espada curva. Era estranho, mas ao mesmo tempo familiar. A tragédia levava as pessoas ao amor, ela lembrou que alguém tinha dito aquilo, havia algum tempo, em algum lugar.

Fazia bastante sentido.

"Eu perdi a minha família e todos que eu conhecia... Mas não me sinto completamente sozinha agora", ela confessou, quando a lua já estava alta no céu e eles já tinham se refrescado com a água da fonte. Não tinham nada para comer nem um recipiente onde armazenar água. Tentavam não pensar no dia seguinte e na forma como seguiriam adiante.

Os pensamentos do sobrevivente ecoavam exatamente o que ela dizia, mas ele resolveu não replicar. O silêncio cabia melhor, principalmente porque ele a tinha em seus braços e sabia que, se pensasse sobre o amanhã em voz alta e lhe desse sua opinião sobre o caminho a seguir, ela se afastaria. Os olhos dele correram em direção à bolsa de couro.

"Eu estou tentando não pensar no amanhã, mas não consigo", ele disse, com um suspiro, quando se deu por vencido. Eles precisavam conversar sobre o dia seguinte e suas possibilidades.

"Sei que você acha que é besteira, que a Cidade do Eterno Verão não existe e que eu sou um maluco por persegui-la, mas tenho quase certeza de que estamos muito perto dela". Ele terminou com os olhos colados no céu límpido, enquanto a guerreira se limitava a suspirar e erguer seu corpo, tornando real o medo que o sobrevivente tinha do afastamento.

"É suicídio", ela vociferou, virando-se para ele. "Principalmente porque não temos comida ou água. Tudo bem que nós temos os seus mapas e o meu cavalo, mas isso não é o suficiente para perseguir uma cidade lendária".

A guerreira pensou ter ouvido um muxoxo que contrariava aquele discurso, mas durante o silêncio da réplica o sobrevivente não disse nada. Os olhos dele voltaram a encarar os céus e ela tombou a cabeça em seu ombro.

"Desculpe, é só que eu acho que nós precisamos encontrar uma possibilidade real de sobrevivência agora".

Dessa vez, o sobrevivente respondeu com um muxoxo positivo, segurou a mão dela e escorregou pela grama seca. Ela deslizou ao seu lado e com um pequeno esforço tentou enxotar as imagens do ataque de sua cabeça para poder dormir. Por sorte, não foi difícil cair em um sono ajudado pelo cansaço, as imagens tornando-se cada vez mais fracas à medida que a madrugada avançava e o sol surgia no céu. A luz e o calor pareciam amenizar aquela sensação ruim, embora a ausência da mão do sobrevivente na sua fizesse com que a guerreira se sentisse inquieta. Ela demorou a abrir os olhos e a se virar para onde ele tinha dormido, mas quando o fez, seu peito inflou com uma bolha de lágrimas.

Ele não estava mais lá. Ele não estava mais no oásis e não estava onde ela pudesse vê-lo.

"O que você fez?!", ela se desesperou quando percebeu onde ele tinha ido. A bolsa com os mapas estava lá, mas a guerreira constatou que faltava um deles: aquele que mostrava a suposta localização da Cidade do Eterno Verão.

Fechou os olhos e tentou lembrar o que tinha visto no mapa. O que ela lembrava não era o suficiente para ir atrás dele, mas não havia como o sobrevivente ter ido muito longe, pois não levara uma montaria. O cavalo estava lá, encarando a guerreira como se perguntasse o que ela ia fazer.

"Ele falou no sul", ela recitou em voz alta. Sem pensar muito, pulou sobre o lombo do animal e começou um galope incerto para a direção que supunha ser a correta. O sol estava à sua direita e o vento revolvia a areia, mostrando marcas de sapatos quadrados no chão. As sobrancelhas da guerreira se arquearam com aquela descoberta. Pegadas no solo arenoso podiam ser pistas e, embora semiapagadas pelo vento, elas apontavam para o sul.

Com seu talento de rastreadora, não foi difícil seguir as pegadas quase apagadas e encontrar uma pilha de tecidos sobre uma duna, visão que se preparava para despertar sua nostalgia quando ela viu que a montoeira de panos estava consciente.

O barulho do cavalo fizera o sobrevivente virar o pescoço para trás. Com o susto, seu corpo se desequilibrara e ele caíra do alto de uma duna, rolando pela areia até onde a guerreira estava. Ele tinha os lábios secos e a pele avermelhada, mas exibia um sorriso sem precedentes no rosto leve.

"Olhe do outro lado", recomendou, quando a guerreira estava prestes a explodir com ele e a gritar que nunca mais desaparecesse deixando-a sozinha. Ela resolveu obedecer, mas o que viu à sua frente foi uma muralha de areia, muito parecida com aquela que se estendia ao redor das nações. Foi difícil escalá-la, mas enquanto o fazia apenas uma coisa passava por sua cabeça.

Ele a havia encontrado.

Do outro lado da extensa duna, uma longa e larga Cidade Solta se estendia por uma planície árida e isolada por montanhas vermelhas. Uma faixa azulada a cortava em duas, enquanto uma de suas faces estava virada para o que parecia ser um mar infinito.

Sem se dar conta, a guerreira deixou que seus olhos se enchessem com lágrimas. Lágrimas por eles terem encontrado uma cidade, fosse ela ou não a lendária Cidade do Eterno Verão. Não fazia mais diferença.

Ela se deliciou com aquela paisagem e não percebeu quando o sobrevivente se colocou ao seu lado, estendendo os dedos finos para tocarem os seus e mostrando uma expressão que ela nunca vira antes. Lágrimas pendiam dos cílios dele, pois finalmente conseguia sentir sua perda e entender o que ganhara.

E sem que tivessem de pronunciar uma única palavra ambos concordaram que, estivessem ou não diante da cidade lendária, eles fariam dali seu novo lar.

Chocolate

Karen Alvares

Minha história de amor começa no lugar mais sem graça do mundo: um supermercado. Pior, nos *fundos* dele, no estoque. Vamos concordar que não é nenhum cenário de um filme de romance de *Hollywood*, certo?

Como se isso não fosse o suficiente, ainda preciso acrescentar um pequeno detalhe: talvez seja difícil para você acreditar no que eu vou falar agora, mas pode ter certeza de que é a mais pura e cruel realidade. Estamos no meio de um apocalipse zumbi.

Se você me pedisse para explicar como, exatamente, aconteceu essa loucura, eu não saberia por onde começar. Pelos mortos levantando dos túmulos como se estivessem no meio daquele clipe, *Thriller?* Ou pelo completo caos nas comunicações e nas ruas? Os congestionamentos absurdos (se é que existe algum congestionamento que não seja absurdo em São Paulo)? A falta de comida? O desespero, a gritaria, o horror? Ou os milhares de corpos?

Talvez eu comece simplesmente dizendo que, naquele exato momento em que a minha história de amor se iniciou (e aqui você me pergunta: "Como é possível uma história de amor no meio de todo esse caos?" Bem, só posso dizer que também nunca imaginei que isso fosse possível, mas aconteceu), eu estava arrasada. Naquele momento eu estava devastada e tinha perdido *tudo*. Minha mãe, meu pai, minha irmã mais nova. Meus amigos. Minha vida. Sim, minha vida, porque eu estava andando e respirando e tudo o mais, mas aquilo não era vida.

Até que Fabrício apareceu.

Mas antes de falar dele, vamos falar sobre mim. Eu gosto de falar sobre mim. Dizem que dá mais prazer falar sobre a gente do que ganhar dinheiro e, *putz*, do jeito que a minha vida ultimamente é uma sequência de desgraças, eu bem que tenho direito a algum prazer, você não concorda?

Meu nome é Luciana, muito prazer. Eu tenho 16 anos – quase 17 –, e há menos de duas semanas estava no último ano do colégio, já me preparando para o vestibular. Esperava que esse ano fosse louco, mas não *tanto*. Eu era só uma garota, talvez meio *nerd* (sabe, aquelas que gostam de jogar videogame, acompanham séries americanas e leem 40 livros por ano?), mas ainda assim uma garota, com uma casa, família, amigos, uma vida e até mesmo sonhos. Também tive algumas paixonites na escola, nada que realmente tenha dado certo. Sou o tipo de garota que se um garoto diz que está a fim, certeza que deve ser gozação. Sou meio fora do peso também. Quer dizer, eu era... Acho que emagreci depois dessa catástrofe, afinal tudo o que eu como são as poucas porcarias que encontro por aí.

Vocês já estão percebendo por que minha história começa em um supermercado, não é? Quer dizer, antes de preencher o vazio em meu coração minha prioridade era encontrar algo para preencher o vazio no meu estômago.

Nos dias de hoje, em que corpos fedorentos que supostamente deveriam estar *mortos* estão por aí caminhando pelas ruas em uma versão bizarra e real de *Resident Evil* – bem, ao menos ainda não encontrei nenhuma planta infectada, graças a Deus -, eu sou uma pessoa diferente: roupas sujas e esfiapadas, um pouco mais magra, algumas cicatrizes, uma mochila rosa das Meninas Superpoderosas nas costas (pertencia a minha irmã) e a enorme faca de churrasco do meu pai *sempre* na mão direita.

Não sou a pessoa mais competente do mundo para matar zumbis, mas até que faço o que posso. Matei uns dois ou três no caminho com o facão – papai ficaria orgulhoso. Mas naquela manhã do décimo segundo dia eu estava exausta. Não tenho vergonha de admitir: estava surtando. Sozinha há quase dez dias (minha família se foi logo no começo), confusa, cansada, com fome, sede... Digamos que os zumbis em um mundo real não são tão divertidos quanto nos *games*. A vida era horrível e sombria naqueles dias. Estava triste e com muita saudade e, quando três zumbis me encurralaram nos fundos de um mercado nos arredores do bairro da Saúde, estava também prestes a desistir. Segurava debilmente o facão de meu pai na mão direita, só que dessa vez tremia ainda mais que nos primeiros dias. Os zumbis que queriam me comer no café da manhã aparentavam ser uma família. Havia a mãe, uma mulher meio gordinha, com um vestido florido manchado de sangue, um braço faltando e um buraco enorme e horrível no estômago; o pai, um homem pequeno vestindo um terno cinza-agora-vermelho todo esfiapado: faltava-lhe um olho, e agora só restava ali um buraco negro e profundo. Por último, havia o filho. Apenas um menino, de sete ou oito anos; ele ainda usava uma camiseta estampando o Cebolinha, da Turma da Mônica, andando de *skate*. Eu conseguia ver que parte da sua cabecinha estava faltando – era possível enxergar os miolos escorrendo por suas costas como macarrão cozido.

A minha família também ficou daquele jeito. Eu os matei.

E agora queria morrer.

Eu já sentia o hálito apodrecido do garotinho e os braços da própria Morte envolvendo o meu corpo cansado em um último abraço quando Fabrício apareceu.

Não prestei muita atenção nele na primeira vez que o vi. Fiquei impressionada pela agilidade que ele tinha com o seu martelo: sem hesitar, ele cravou a ferramenta no crânio do garotinho, que desabou no chão. O pai e a mãe vinham logo atrás, mas Fabrício não tentou matá-los; puxou minha mão e me arrastou por um corredor escuro e cheio de grades barulhentas. Eu estava atônita e em choque, mas mesmo assim continuei correndo, praticamente arrastada por aquele garoto magricela – *magricela* foi a minha primeira impressão de Fabrício. Ele parecia conhecer bem aqueles corredores, pois fazia as curvas sem pensar, enquanto eu batia nas paredes como uma barata tonta e idiota. Parecia que estávamos no estoque, mas não deu para ver muito bem.

Finalmente alcançamos uma porta metálica enorme, que estava entreaberta. Fabrício gritou "Abra, abra!" e a porta se abriu o suficiente para a passagem de uma pessoa. Fabrício me empurrou para dentro e entrou logo em seguida. E então ele ajudou um velhinho a fechar o portão de correr, deixando (assim eu esperava) os zumbis lá fora.

Eu mal conseguia respirar. Não que eu não corresse – do jeito que as coisas estavam, eu fui obrigada a correr algumas vezes. Mas naquele momento eu simplesmente havia desistido e... bem, vamos dizer apenas que eu não esperava que um garoto magricela me obrigasse a correr tanto e tão rápido para salvar a minha vida, que eu mesma já dava por perdida.

– O que você estava *fazendo*? – foi a primeira coisa que ele perguntou. Foi só então que dei uma olhada de verdade nele. Fabrício era um garoto nada fora do comum. Aliás, segundo o que eu descobriria mais tarde, ele, assim como eu, também não chamava muita atenção na escola. De fato, era um dos perdedores. Mas estava ali: vivo no meio do fim do mundo. Ele era *realmente* magricelo, ossos salientes, meio branquelo demais e tinha os cabelos cor de palha velha. Usava óculos remendados com fita isolante. Ele realmente não chamava atenção, porém eu não conseguia desgrudar os olhos dele: talvez porque ele estivesse gritando comigo.

– Você tá maluca ou o quê?!

Foi só aí que despertei do meu torpor.

– Com licença, pode parar de gritar?! – gritei em resposta.

–Você estava admirando a camiseta do garotinho, é isso? Era para *meter* a faca nele, garota!

– Era exatamente o que eu estava prestes a fazer, seu babaca, mas então você apareceu com seu complexo de Super-Homem e...

– Ah, tá bom que eu acredito que você ia mesmo fazer isso, Mulher Maravilha...

– *Calados*! – gritou o velhinho, que depois eu me daria conta de que era o único verdadeiramente são ali no meio da gente. Ele era pequeno, magro e todo enrugado. A barba branca estava por fazer e ele padecia de uma séria falta de cabelos.

– Parem de agir como adolescentes histéricos – ele ordenou, um pouco mais calmo.

– Tecnicamente, vô, é isso que somos. – Fabrício olhou para mim. – Você parece adolescente para mim, eu acho.

– Eu tenho dezessete. – disse rapidamente. Ok, eu tenho dezesseis, mas isso é quase dezessete, e eu definitivamente não queria parecer muito novinha para aquele garoto.

– Fabrício, a moça está assustada, não percebe? Passou por um trauma enorme – disse o velhinho, e pousou uma mão calorosa e enrugada no meu ombro. – Você estava sozinha lá?

Hesitei alguns instantes antes de responder.

– Estou sozinha há... uns nove dias, eu acho, senhor. Perdi... – tentei falar, mas não consegui completar a frase. Não foi preciso. Nem o velhinho nem Fabrício me forçaram a dizer mais qualquer coisa.

Seu Antonio, que afinal era como se chamava o avô de Fabrício, colocou seu braço magro ao redor dos meus ombros e disse:

– Você deve estar faminta. Acho que seria melhor comer algo antes de qualquer coisa.

Dizendo isso, ele me levou ao corredor sete, onde ele e Fabrício tinham montado uma espécie de casa. Havia alguns travesseiros ainda embalados em plástico e lençóis de cama coloridos espalhados sobre o chão. O supermercado não era muito grande, estava mais para um mercadinho; porém, no desespero em que me encontrava, parecia enorme. Era um abrigo, um teto, e o principal: havia comida.

– Tome, menina – disse Seu Antonio, oferecendo-me um pacote inteirinho de bolachas recheadas sabor chocolate. Sentei em cima de um lençol florido e tirei a mochila das Poderosas das costas, porém deixei-a muito próxima a mim, com uma das alças sob minha coxa esquerda. Não soltei a faca de meu pai. Fabrício notou e também manteve o martelo bem seguro na mão direita. Seu Antonio, ao contrário da gente, parecia calmo e descontraído; ele sorria para mim enquanto me oferecia bolachas. Aceitei porque estava faminta e, afinal, o pacote ainda estava lacrado, então não tinha jeito daquelas pessoas terem feito alguma coisa errada com a comida.

– Qual o seu nome?

Eu comia tão avidamente que demorei um pouco para responder. Parecia que jamais tinha saboreado algo tão maravilhoso na vida. Quando falei estava de boca cheia e farelos de bolacha voaram dela.

– *Ruchiana* – eu disse. Então vi o contorno de um risinho no rosto de Fabrício e me corrigi, meio sem graça, engolindo a bolacha que mastigava. – Luciana.

– Eu sou Antonio e esse é meu neto Fabrício – o velhinho sorriu. Fiquei grata por, apesar de tudo, sermos civilizados o suficiente para nos apresentarmos uns aos outros. – Nós vivemos aqui no mercadinho desde... desde que tudo começou.

– Esse mercado é do meu avô – Fabrício emendou. Naquele

momento entendi isso como um aviso ou algo do gênero. Engoli a bolacha em seco e estendi o que restava do pacote para ele.

– Desculpe, eu...

– Ora, o que é isso?! – Seu Antonio disse, lançando um olhar feio para o neto. – No que parece ter se transformado o mundo, nada mais é de ninguém. Esse mercado é tão meu quanto seu, menina.

Sorri sem perceber e peguei mais uma bolacha. Olhei para Fabrício, quase em desafio, e vi que ele parecia incomodado. Seu Antonio lhe deu uma cotovelada.

– Pare com isso, menino. Não está vendo que é uma boa moça? Podemos confiar nela. Eu *sei* disso.

– Não, eu não estou vendo nada disso, vô – Fabrício retrucou irritado. – O senhor confia demais nas pessoas!

Com isso ele lançou um olhar zangado em minha direção, enquanto Seu Antonio parecia apenas sem graça. Senti meu estômago se revirar por dentro e não era por causa das bolachas. Levantei-me, coloquei a mochila rosa nas costas e disse entre dentes:

– É a minha cor?

Fabrício empalideceu, porém fechou ainda mais a cara. Seu Antonio, por sua vez, parecia meio perdido. Ele se apoiou nos ombros do neto para se levantar e pousou as mãos brancas e enrugadas nos meus ombros.

– É claro que não, minha filha. O que a gente fez para que você pensasse uma coisa dessas?

De repente fiquei com muita vontade de sair dali. Evaporar. Lembrei-me do dia em que meu pai disse que isso estava bem longe de ser *normal*, mas que eu teria que sempre ter uma resposta na ponta da língua quando essas situações acontecessem. E que elas aconteceriam com frequência, apesar de tudo. Lembrei-me da expressão calma do meu pai quando dizia: "Às vezes o mundo ainda parece dividido entre negros e brancos, homens e mulheres, pobres e ricos". Lembro que naquela época não tinha entendido direito, até achei um pouco idiota... Por que o mundo era dividido? Agora parece ainda mais idiota essa "divisão". A única divisão que existe é entre vivos e mortos.

– Desculpe – Seu Antonio disse, e parecia lamentar de verdade. – Seja lá o que eu ou o meu neto dissemos... Não queríamos passar essa impressão.

Olhou feio para Fabrício antes de prosseguir:

– Estou dizendo que você é bem-vinda aqui. Eu a vi de manhã pela janela do andar de cima, fui eu que pedi ao meu neto para ajudá-la e trazê-la para cá.

Mesmo depois de ouvir isso, eu ainda não me sentia à vontade e queria muito ir embora. Foi então que o próprio Fabrício se levantou.

– Isso não tem nada a ver com você. – Ele parecia muito zangado, e vi seus olhos brilharem: havia lágrimas neles. – Isso tem a ver com as pessoas que mataram meus pais, quando eles simplesmente estavam tentando viver. E se isso importa, as pessoas que os mataram eram brancas... e *bem vivas*.

Ele disse isso e deu as costas para nós. Subitamente me senti muito mal. Meu estômago parecia uma barra de ferro. Olhei para Seu Antonio, que apenas suspirou e encarou o chão.

– Ei! – eu gritei. – Hã... Fabrício?

Ele se virou para mim. Tudo o que eu vi foi uma tristeza enorme, parecida com a que eu mesma carregava no peito. A tristeza de perder a família, de perder tudo.

– Eu só... Obrigada por me ajudar lá fora. Eu... estava mesmo sendo uma idiota.

E estava me sentindo uma idiota naquele momento também.

Podia ser só minha impressão, mas seus olhos pareceram um pouco menos duros depois disso. Mesmo assim, ele virou as costas novamente e dobrou um corredor, afastando-se de nós.

– Falar sobre isso ainda é muito difícil para ele... – Seu Antonio disse de repente. – Por favor, entenda, Luciana. E... fique conosco, certo? Não posso deixá-la sozinha nesse mundo horrível. Não vou deixar de acreditar nas pessoas só porque alguns maus elementos fizeram barbaridades com gente que eu amava. E Fabrício também não vai fazer isso, eu sei, ele só precisa de tempo.

Senti um nó na garganta, lembrando-me dos meus pais, da minha irmã e de como precisei matá-los alguns dias antes.

Foi assim que tudo começou.

Nos dias que se seguiram, acabei me acostumando a uma nova rotina. Ajudava nas tarefas domésticas, como lavar as roupas (eles me arrumaram algumas roupas novas e limpas) e preparar comida. Ainda me sentia mal pelo que tinha acontecido no primeiro dia e não conseguia falar direito com Fabrício. Ele também não parecia à vontade, e o máximo de palavras que trocávamos eram do tipo "me passe isso" ou "pode pegar aquilo ali?". Mas Seu Antonio falava bastante, o que compensava um pouco as coisas. Eu tinha passado tantos dias sem falar com ninguém, sozinha no mundo horroroso fora daquelas paredes, que tinha esquecido o quanto fazia falta conversar.

No terceiro dia, Seu Antonio sugeriu que comêssemos pêssegos em calda e Fabrício revirou os olhos para o teto.

– Nós não vamos conseguir abrir aquela lata – ele disse, enérgico.

Seu Antonio deu de ombros e se virou para mim, estendendo-me uma grande lata de pêssegos.

– Luciana, pode abrir essa lata?

– Ah, claro, só me deixe pegar meu abridor de latas na mochila...

– Não precisa, nós temos um – disse Seu Antonio. – Mas você é uma mocinha esperta andando por aí com um abridor de latas. Realmente seria a primeira coisa que eu colocaria na minha mochila se conseguisse usá-lo.

Olhei do abridor na minha mão para Seu Antonio e depois para Fabrício.

– Se vocês tinham o abridor, por que não abriram a lata?

Seu Antonio deu uma risada alta e rouca, apontando com o polegar para o neto.

– Pergunte a ele aqui!

Fabrício resmungou alguma coisa que não deu para entender. Depois:

– O senhor também não consegue abrir.

– Mas eu sou um velho idiota sem força nos dedos. Você, meu caro, tem apenas dezessete anos! Vamos, diga a ela! – o velhinho riu ainda mais.

Fabrício ficou vermelho. Era tão claro que quando ficava envergonhado parecia um pimentão.

– Eu não consigo abrir latas, ok?

– Você não consegue usar um abridor de latas?

– Qual a parte que você não entendeu do que eu disse?

– Ah, minha filha, mas ele até que tentou, sabe? – disse Seu Antonio, ainda rindo. – Olha só!

Ele me mostrou algumas latas velhas e parecia que algum rato tinha mastigado um caminho no alumínio da tampa.

– Um rato passou aí?

Foi então que Seu Antonio gargalhou.

– Eu também disse isso quando ele me mostrou!

– Ok, ok, chega de falar de mim – Fabrício resmungou. – Eu sou um incompetente, admito. E você vai abrir as latas de agora em diante, Luciana.

Seu Antonio e eu rimos de doer a barriga nesse dia. No final, Fabrício acabou rindo também.

A entrada do mercado era lacrada por um grande portão de ferro, que segundo Seu Antonio manteria os zumbis lá fora. Nós ouvíamos ruídos horríveis, grunhidos de gelar os ossos quase todo o tempo e, algumas vezes, batidas no portão, mas Seu Antonio assegurou que ele aguentaria: estavam ali havia vários dias e nenhum zumbi tinha entrado até o momento. Eu só esperava que nenhum deles resolvesse fazer isso agora.

Aos poucos, fui me acostumando com aquela nova vida. Seu Antonio era sempre agradável, um velhinho gentil que adorava conversar; dizia ele que era por isso que tinha um mercado, gostava de bater papo com os fregueses. Fabrício continuava arredio e receoso, mas bem devagar – como quando se cai no sono – começamos a ser um pouco mais amigáveis um com o outro.

Numa daquelas noites em que só era possível conversar, Seu Antonio contava sobre sua vida: sua esposa já falecida, sua juventude e o quanto sentia falta de ver o programa do Silvio Santos na tevê. De repente, começou a roncar alto, bem no meio da conversa. Fabrício deu uma risadinha e cobriu o avô com o lençol.

– Ele sempre faz isso – comentou. Não era muito comum que falasse comigo, muito menos que ficássemos sozinhos. Um silêncio um tanto incômodo se instalou depois disso. Fabrício começou a se enrolar nos lençóis e parecia prestes a dizer boa noite quando resolvi falar algo que estava pesando no meu peito.

– Desculpe por ter sido preconceituosa com você aquele dia. O primeiro dia. Não foi legal o que eu disse. – Ele parou o que estava fazendo e me olhou espantado. – Quer dizer, meu pai dizia que nós... minha irmã e eu... ouviríamos muitas coisas na escola por causa da nossa cor. De certa maneira foi verdade, mas também encontramos pessoas boas. Só que há tanta gente ruim no mundo que acabamos sempre com o pé-atrás. E eu julguei você de maneira errada. Por isso... desculpe.

Ele voltou a se sentar, mas não disse nada. Eu já estava me sentindo muito idiota quando ele finalmente falou.

– Eu também te julguei mal. Quer dizer, o que aconteceu com meus pais... Mal dá pra acreditar que *pessoas* fizeram aquilo. A gente costuma dizer que os monstros são aqueles caras lá fora, os mortos, mas talvez os verdadeiros monstros estejam vivos. – Ele olhou bem fundo nos meus olhos. – Mas, como diz meu avô, não podemos perder a esperança. Ainda há pessoas legais.

– Eu sou legal? – perguntei presunçosa. Meu coração bateu depressa, como se estivesse apostando corrida com a minha respiração. Era bastante estúpido, mas era o que eu sentia. De repente, Fabrício parecia mais bonito, mas talvez fosse apenas porque estava muito escuro e seu rosto estivesse iluminado só pela chama fraca de uma vela.

Mas então ele sorriu e aí um bloco de gelo também resolveu se mudar para meu estômago. Cruzei os braços, sem saber o que fazer com eles.

– Sim, você é legal. Mas não vá se achar depois disso.

Eu ri, aliviada. Bastante aliviada.

– Tá certo, pode deixar.

– Ei... quer dar uma volta?

– No mercado?

– No Parque do Ibirapuera é que não é.

Resmunguei, mas mesmo assim me levantei e o acompanhei. Ele trouxe a vela consigo. Observei as chamas se movendo suavemente, iluminando seu rosto com uma luz amarela e pálida. Ele era bonito sim, apesar de implicante.

– Onde estamos indo?

– Você vai ver.

Ele caminhou até o meio do corredor 12, entregou-me a vela e tirou do bolso uma chave pequena, que usou para abrir o trinco do armário de vidro. Ali dentro havia várias coisas: lâminas de barbear, desodorantes, protetores solares. E algo mais.

– Chocolate! – exclamei, um pouco alto.

– Shhh! Alguém pode ouvir!

– O quê, seu avô? O Seu Antonio vive falando para comermos

esses chocolates. Ele sempre diz que a vida é muito curta para guardá-los. Pessoalmente, eu concordo.

– Eu quero dizer que um tal de Fabrício, o neto rabugento do homem, pode nos ouvir! – Fabrício disse, muito sério. – E eu vou pegar um para o vovô também –emendou, apanhando um tablete branco com passas. – Qual você quer?

– Ao leite! – apontei meu preferido. Fabrício entregou o meu e depois apanhou um meio-amargo.

– Porque a vida é assim! – disse ele, erguendo o tablete como se fosse brindar comigo.

– Bem que eu queria que o mais amargo da vida fosse só o chocolate. – eu disse, destacando um pedaço do tablete e saboreando cada pedacinho.

Nós nos sentamos ao lado do armário, com a vela entre nós.

– Sabe, eu tinha esse sonho quando criança. Ficar presa no supermercado de noite e comer todos os doces que quisesse – confessei.

– Aposto que não foi exatamente assim que você sonhou, né? – Fabrício perguntou, e nós dois rimos de um jeito meio sem graça. – Como está o mundo lá fora?

– Horrível. Perdido. Destruído – respondi. O chocolate perdera um pouco do sabor.

– Eu não vi muita coisa – ele disse, os olhos perdidos nas garrafas de água à nossa frente. A nossa água estava quase acabando. Olhei para Fabrício e pensei que talvez ele estivesse pensando nisso também. – Eu moro... morava... perto daqui.

Ele respirou fundo e continuou a falar.

– No dia em que toda essa loucura começou... Que os mortos se levantaram e começaram a morder e matar as pessoas... Bem, naquele dia aconteceu de tudo. Saques, assaltos, assassinatos... *Assassinatos.* – Repetiu a palavra, engolindo em seguida mais um pedaço de chocolate. – Um grupo armado tentou nos roubar. Meus pais e eu estávamos saindo de casa, trazíamos poucas coisas, planejávamos vir para cá, para o mercado do meu avô. Esse grupo achou que estávamos carregando bens valiosos, comida ou sei lá o que eles pensaram... Foi tão rápido. Em alguns minutos eles enfiaram balas nas cabeças dos meus pais, como se eles fossem só mais alguns dos monstros que caminhavam nas ruas. Nem olhei direito para o rosto dos meus pais mortos. Fugi. Vim para cá. Meu avô me acolheu. Houve algumas tentativas de invasão, não dos mortos, mas dos *vivos*. Até agora o portão aguentou. Meu avô agradece todos os dias pela reforma que fez há alguns anos na fachada do mercado, por insistência da minha avó, que ainda era viva. Ficamos sozinhos por alguns dias até que você chegou. – Ele me olhou. – Meu avô quis ajudá-la. O resto você sabe.

Um silêncio pesado se instalou entre a gente. O chocolate não era mais tão gostoso.

– Eu devo minha vida a vocês – foi só o que consegui dizer. Respirei fundo e comecei então a soltar tudo o que estava guardado.

– Eu matei meus pais. E a minha irmã.

Fabrício se virou para mim assustado, mas não disse nada.

– Eles... foram mordidos. Eles se tornaram aquelas coisas. O som... Meu Deus, o som que eles faziam! Era como um gargarejo horrível. Não havia mais vida em seus olhos, apenas algo branco e vazio. Eles queriam me morder, me transformar em um deles. Foi aí que percebi que não podia ser mordida, ou então... Eu matei os três. Usei a faca do meu pai. Acertei a cabeça, como diziam as histórias, os jogos. Só que não era um jogo, era *real*. Acho que o pior foi a minha irmã. Ela era tão... tão pequena. A faca entrou mais fácil nela, mas foi a coisa mais difícil que já fiz. Acabei trazendo comigo a mochila dela, a mochila rosa que ela não largava de jeito nenhum. Não consegui me desfazer disso.

Não havia quase nada realmente útil naquela mochila. Mas no final, eram as minhas coisas mais preciosas.

– Luciana...

– O quê? – perguntei sem olhar para ele. Não queria que visse que eu estava chorando. Mas então senti o toque suave da sua mão no meu rosto. Ele me tocou e fez com que eu me virasse para vê-lo. Ele também tinha lágrimas nos olhos.

– A gente não é tão diferente assim, não é? – ele sorriu de leve.

– É... acho que não, Fabrício.

Foi assim, devagar e entre lágrimas, dentro de um mercadinho escuro, no corredor 12, ao lado de um armário de chocolates, que Fabrício e eu nos beijamos pela primeira e última vez. O beijo dele era suave, meio-amargo com gosto de chocolate, tímido, porém intenso. Era salgado também, por causa das nossas lágrimas e da nossa saudade, por causa da nossa solidão. Nós não éramos tão diferentes assim, de verdade. Nós éramos corações partidos, órfãos do fim do mundo, adolescentes que tiveram seus sonhos arrancados do dia para a noite. Crianças que tiveram toda uma vida luminosa transformada em escuridão e foram obrigadas a crescer cedo demais.

Nós apenas nos beijamos, conversamos, abraçamos e consolamos um ao outro. Comemos os chocolates, que estavam com um sabor incrível. Deveríamos ter comido todos, pois Seu Antonio tinha razão quando dizia que a vida era curta demais para guardar os doces no armário.

Nós nos deitamos abraçados perto de onde o avô de Fabrício roncava alto. Adormecemos juntos, tranquilos, talvez pela primeira vez em semanas.

E fomos acordados por um estrondo horrível.

Foi tudo muito rápido. Parece que as tragédias que varrem a nossa vida sempre acontecem desse jeito: rápido demais para assimilarmos. Em um instante as pessoas que amamos estão lá, de pé ao nosso lado. No momento seguinte elas não estão mais, foram apagadas. Há apenas um enorme vazio no mundo e dentro da gente.

É difícil lembrar aquela noite. Acho que tento guardar essa lembrança no fundo do peito, amassá-la em uma bolinha de papel bem pequena e nunca mais mexer nela. Ela tem o péssimo costume de retornar em pesadelos, mas tento não abrir essa caixa maldita quando estou acordada. Tento pensar no beijo de Fabrício, na gargalhada fácil do Seu Antonio. Mas é tão difícil...

O mercado foi invadido aquele dia. Por monstros, mas eles estavam *vivos*. Havia zumbis também, claro, os zumbis estão em toda parte. Mas o portão foi arrombado e destruído por *gente viva*. Pessoas como nós. Eles queriam comida. Estavam cegos de fome e desespero. Não tiveram compaixão. Estavam armados com armas de verdade, brilhantes, negras, com canos longos e buracos escuros que levavam ao infinito da morte em um único tiro.

Seu Antonio foi o primeiro a morrer. Ainda me lembro do seu rosto paralisado, o grito preso na garganta, a boca aberta, o sangue explodindo ao seu redor, manchando sua barba branca. O baque surdo quando caiu no chão, em silêncio, para nunca mais acordar.

Fabrício ficou transtornado, parecia um animal ferido. Ele gritava, xingava, chorava. Eu me lembro de tê-lo segurado pela camisa, abraçando-o pelas costas. *Fuja, fuja comigo! Vamos fugir, vamos embora!* – era o que eu gritava, desesperada. Ainda penso no que poderia ter acontecido se ele tivesse me escutado. Nós poderíamos estar juntos. Nós poderíamos nos aquecer à noite, poderíamos nos abraçar e chorar juntos a perda das pessoas que amamos.

Seria menos doloroso para mim, com certeza. Mas sei que isso é egoísmo, que Fabrício agora não sofre mais. Ele era bom demais para viver nesse mundo horrível. Gostaria de ter percebido isso mais cedo. Gostaria de tê-lo beijado mais vezes. Gostaria de ter dito que o amava.

É triste quando você percebe que ama uma pessoa apenas quando ela foi embora. Acho que eu não amava Fabrício quando ele estava vivo; o amor cresceu dentro de mim como uma rosa triste depois que ele partiu. Foi só após muito tempo sem sua presença que percebi o quanto sentia sua falta. Foi quando percebi que agora sim, eu o amava.

Mas agora é tarde.

Fabrício fugiu, sim, mas de mim. Ele se soltou e, enlouquecido, enfrentou aquelas pessoas. Levou um tiro na cabeça. BUM. Como se fosse apenas mais outro morto-vivo. Caiu. Não levantou. Era melhor que não levantasse.

E eu fugi. Até hoje não sei como consegui: apenas sei que fugi.

Dentro da mochila rosa, que levo por todos os cantos escuros em que me escondo, estão meus pertences mais valiosos. As canetinhas coloridas da minha irmã. Um caderninho cheio de figuras de gatinhos, metade em branco, que agora preencho com essas palavras. Uma foto da minha família: meus pais sorridentes, minha irmã com seu bichinho de pelúcia e eu mesma parecendo anos mais jovem.

E o último dos meus bens mais preciosos: uma embalagem de chocolate meio amargo.

Vazia.

Dias de Sombra

Bruna Louzada

Marjorie era uma jovem alegre e otimista, que carregava no olhar um brilho entusiasmado horas antes de sua formatura como engenheira mecânica do Instituto Militar de Engenharia. Lembro-me muito bem daquela noite. Nosso pai, general do exército, não podia estar mais feliz pela nova grande realização da sua filha mais velha, exclamando que esperava estar vivo para ver as conquistas minhas e de Ivan. Em resposta, mamãe espalmou a mão no ombro dele, brincando ao dizer que vaso ruim não quebra.

– Aproveite a noite, velho – ela disse, rindo. – Você terá bastante tempo para ver Aisha se tornar bailarina e Ivan, piloto de corrida.

Papai torceu o nariz, insistindo que todos os seus filhos trabalhariam na área militar.

Infelizmente, ele não podia estar mais certo sobre sua morte prematura.

Foi o general Guilherme quem parou o nosso carro, pouco antes de sairmos do bairro militar em que vivíamos. Não ouvi o que ele disse ao meu pai, mas, poucos minutos depois, minha mãe, Ivan e eu nos juntamos ao comboio de familiares civis rumo à base mais próxima.

Marjorie chegou três dias depois, completamente mudada. Nada de alegria, otimismo ou brilho no olhar; tudo que minha irmã expressava era ansiedade e agressividade. Nós, as crianças, não fomos informadas sobre nada (embora, sinceramente, nossa ingenuidade de oito anos não buscasse respostas).

Até a invasão, quase um ano depois.

Naquele dia nos contaram que, uma noite antes da formatura da minha irmã, cinquenta corpos foram encontrados pela cidade, vítimas de canibalismo. Seria uma tragédia isolada se, horas mais tarde, os mortos não tivessem se levantado e atacado mais pessoas, infectando-as com o que quer fosse responsável por dar movimentos a seus corpos sem vida. Foi essa notícia que nos tirou do carro a caminho da formatura de Marjorie.

Mamãe arrumava as malas apressadamente quando nos contou essa história, revelando que a infecção chegara à base e tínhamos que nos retirar o mais rápido possível.

Nunca me esquecerei do olhar de pavor dela quando um daqueles mortos-vivos pulou em seu pescoço. Ela gritava. Senti meu estômago revirar quando um pedaço do rosto dela foi arrancado a mordidas e me virei por um segundo, guiada pela ânsia de colocar meu almoço para fora. Ivan segurava minha mão, chorando o nome de nossa mãe. O pouco de vida que restava no corpo dela ordenou que eu tirasse meu irmão mais novo do quarto, mas eu estava paralisada.

Provavelmente seriamos os próximos alvos se Natanael, colega de Marjorie, não tivesse chegado. Foi um tiro limpo na cabeça do monstro, entretanto era tarde demais para salvar minha mãe. Nate sequer deixou que nos aproximássemos. Apenas nos puxou pela mão e nos guiou pelos corredores apinhados de pessoas desesperadas. Não percebi para onde estávamos indo até chegar à sala de meu pai. Não sabíamos que ele tinha voltado. Ivan se soltou das mãos de Nate e correu para os braços do nosso pai, enquanto eu permanecia chocada demais para me mover. Marje estava lá. E, mesmo sendo criança, percebi que estavam brigando.

– Desculpe interromper, senhor – Natanael começou, inseguro. Ele esperou uma autorização para continuar. – Eles são os últimos.

Meu pai lançou um olhar apavorado para nós. – E minha esposa? – perguntou.

Nate balançou a cabeça, negativamente, fazendo com que papai se voltasse para minha irmã com a voz mais dura que já ouvi.

– Satisfeita? Se não estivesse aqui discutindo ordens comigo, sua mãe... – ele se interrompeu, passando a mão pelo rosto. – Não vou tolerar insubordinações da minha própria filha. Faça seu trabalho, Marjorie.

Levar as crianças para um lugar seguro. Esse era o trabalho designado a ela. Marjorie devia ter se juntado a Natanael na tarefa de buscar todas as crianças da base meia hora antes de Ivan e eu sermos encontrados.

Com os olhos marejados, provavelmente se culpando pela morte de nossa mãe, ela prometeu que nos protegeria e nos tirou da sala. Ela e Natanael nos escoltaram até o carro de fuga. Mais vinte e quatro crianças nos esperavam.

Agora, somos apenas oito. Moramos em um pequeno forte numa cidade do interior. Bom, talvez "forte" seja uma palavra imponente demais para o shopping em que vivemos, mas faz com que nos sintamos seguros. O lugar ocupa uma área estratégica: com exceção do posto de gasolina ao nosso lado, estamos isolados em uma colina no subúrbio.

Pelo que dizem, um comboio de quinze sobreviventes decidiu saquear o lugar em busca de alimentos, sem sucesso. Entretanto, eles estavam cansados e a localização do shopping parecia segura o suficiente para passarem alguns dias. Quando os mantimentos acabaram, eles vasculharam as casas ao redor.

Uma jovem encontrou um sítio a alguns quilômetros do shopping. Os donos provavelmente tinham sido mortos, mas os animais continuavam vivos. Talvez devêssemos agradecer ao fato de que os mortos-vivos parecem se deliciar apenas com a carne humana. Pelo menos, podemos contar com outros recursos da natureza para nos alimentarmos.

Com uma reserva de gasolina ao lado e o principio de criadouro no telhado/estacionamento do shopping, o comboio decidiu murar a base da colina com cercas encontradas na loja de materiais de construção e, assim, criar nosso forte. Algumas adaptações foram feitas desde então, tornando o lugar um pouco mais habitável.

A farmácia tornou-se nossa pequena clínica. Normalmente não precisamos tratar mais do que alguns resfriados e machucados das crianças, já que não temos a cura para os ferimentos causados em combate. O pátio dos bancos virou depósito para a maioria das armas, embora cada soldado tenha permissão para manter uma arma em sua posse a todo o momento. A livraria é onde damos a educação básica para as crianças e a praça de alimentação é usada como refeitório comum.

As lojas localizadas próximas de saídas foram reforçadas por precaução e as outras se tornaram alojamentos. Há também um pequeno lago à frente da entrada principal. Alguns residentes acreditam que é uma distração do caos que tomou conta do mundo e passam horas observando as águas rasas. Para mim, o lago é útil apenas como criadouro de peixes.

Não acredito em distrações felizes quando tudo o que nos resta é a sobrevivência.

Por sorte, nosso alojamento se encontra no terceiro andar.

Quando chegamos, o general Guilherme, que já estava vivendo aqui havia um ano e meio, disse que poderíamos escolher qualquer lugar pra morarmos. Todos pensaram que escolheríamos a loja de brinquedos ou o pequeno parque de diversões, sem funcionamento desde a interrupção de energia elétrica; porém, no auge de nossos doze anos, nos consideramos velhos demais para os dois lugares. Não queríamos nos separar, o que dificultou a escolha de um lugar que agradasse a todos, mas acabamos nos decidindo pelo cinema. Especificamente, uma sala de retroprojeção.

Costumamos pintar alvos na grande tela abaixo de nós e disparar alguns tiros.

Tirando o pouco treinamento com armas que tivemos com Marje e Nate assim que eles perceberam que não podiam, sozinhos, cuidar de vinte e seis crianças; aprendemos o resto por nós mesmos. A maioria de nós entrou para o grupo de resgate e recuperação, com exceção de Vivian, que se ocupa com aulas de enfermagem, e Débora e Tadeu, que são responsáveis pela estocagem de mantimentos.

Não passamos de trinta moradores e o shopping é grande o suficiente para manter nosso espaço individual, mas, às vezes, me sinto sufocada por algumas pessoas. Por exemplo, as trigêmeas da loja de cosméticos.

– Gustavo!

Os gritos ecoam pelo corredor. Reconheço as vozes e reviro

os olhos. Detesto ser interrompida em rondas de verificação da segurança, mas Gustavo acredita que é importante dar atenção aos residentes do forte. Ele puxou isso de seu pai, embora o general aplique esse ideal a todos os residentes, enquanto seu filho parece pensar que somente as trigêmeas merecem esse tratamento.

Observo-o caminhando com um sorriso no rosto até o grupo de três garotas e viro de costas, sem estômago para acompanhar o desenrolar da cena. Por sorte, uma companhia mais interessante aparece no corredor no mesmo instante.

Aceno com a cabeça para o general e ele retribui o gesto, modificando seu curso em minha direção.

– Bom dia, Aisha – ele cumprimenta.

– Bom dia, general Guilherme – respondo.

Antigamente, a formalidade exigiria uma continência como saudação, assim como o tratamento pelo sobrenome, mas há anos foi decidido que o tempo que nos resta é curto demais para protocolos formais.

Percebo que ele lança um olhar em direção à loja de cosméticos, porém não faz comentários.

– Como estão os novos soldados? – pergunta.

Pablo e Victor, ele quer dizer. Há alguns dias, os rapazes foram encontrados procurando abrigo e acabaram designados para os águias, meu grupo de resgate e recuperação de mantimentos, do qual Gustavo é o líder.

Antes dos novatos chegarem, nosso grupo era composto exclusivamente pelas crianças que escaparam da base com minha irmã e Natanael, embora algumas tenham se afastado dos afazeres militares. Foram quatro longos anos até encontrarmos o lugar que agora chamamos de *lar*. Naquela época, já tínhamos perdido doze dos nossos; depois, perdemos mais seis. Ao todo, são dez anos em que criamos laços de amizade e confiança que se tornaram um grande obstáculo para a aproximação dos outros. Nós damos a vida para proteger nossos companheiros e não precisamos de um forasteiro (ou dois) que pense somente em si próprio em momentos de dificuldade.

Além disso, acabamos de perder um membro de nossa equipe. Fernando foi pego de surpresa quando dava cobertura para sua prima Carol duas semanas atrás. Quando os novos membros foram apresentados à equipe, ela acusou o general de querer substituir as pessoas que perdemos durante os últimos anos.

A verdade é que nosso grupo ficou pequeno demais para realizar missões fora do forte, mas não queríamos admitir para evitar que Débora, Vivian ou Tadeu se sentissem obrigados a participar de missões militares. Não havia alternativa além de aceitar os dois rapazes.

– Eles estão com problemas de adaptação, mas ficarão bem – digo, notando que o general está acompanhado por um jovem de aproximadamente vinte anos que eu nunca vi.

– Ahmm... Lio – ele se apresenta, esticando a mão.

– Aisha. – Retribuo o gesto, cumprimentando-o.

– A equipe de Natanael o encontrou ontem, acabaram de chegar – completa o general. – Ainda estou tentando decidir qual a melhor designação para ele.

Observo o garoto. Lio é moreno e deve ter cerca de um metro e oitenta. Seus músculos aparecem sem timidez por baixo da camisa xadrez suja e desgastada pelo tempo. Sua calça jeans também está em péssimo estado. Penso que suas roupas não deviam ver água corrente há meses, mas sua pele está limpa. Provavelmente ele passou pela inspeção há menos de uma hora. Um procedimento simples que assegura que nenhum infectado passe por nossos portões e uma desculpa para os transeuntes tomarem banho.

Ainda inspecionando suas feições, encontro seus olhos negros me encarando e ele sorri.

Um braço envolve minha cintura.

– Antes que você perca o seu tempo – a voz de Gustavo soa ao meu lado. – A garota aqui já está em um relacionamento.

Odeio quando ele faz isso. Principalmente quando ele toma o cuidado de roçar minha pele com seus dedos quentes e me puxar para perto do seu corpo, ao mesmo tempo em que exibe, insinuantemente, seus dentes perfeitamente alinhados.

Lio perde o sorriso.

– Algo que eu deva saber? – o general interroga, com uma sobrancelha erguida, nos encarando.

Sinto meu corpo se aquecer e meu coração acelerar.

O sorriso de Gustavo se abre ainda mais e ele começa a falar com um simpático tom de voz. – Sabe, pai...

"Sabe, pai...", simples assim. Ele dá uma pequena pausa e me observa de soslaio, mas eu cedo à pressão. Com um movimento rápido, empurro Gustavo para o lado, livrando--me de seus braços.

– Espero te ver por aí, Lio. Com licença, estou em ronda – comento, antes de girar meu corpo e retomar o caminho que fazíamos. Atrás de mim, ouço a voz de Gustavo.

– Eu quis dizer um relacionamento com sua Glock! – ele grita, referindo-se a minha arma favorita.

Sei que isso não é tudo. Gustavo é amigo meu e de meu irmão muito antes do incidente com os mortos-vivos. Morávamos no mesmo bairro, fomos levados para a mesma base e estávamos juntos na fuga com Nate e Marje. Com tudo que passamos, nossa proximidade tornou-se ainda maior. Não sei bem quando meus sentimentos mudaram. De repente, me tornei muito ciente do fato que eu não conseguia tirar os olhos dele.

No meu aniversário de dezesseis anos, quase nos beijamos. Já era tarde e estávamos sentados em um dos carrinhos de diversão do parque abandonado. Não lembro o que conversávamos exatamente, mas tenho clara em minha mente a memória de nossos rostos se aproximando. Ainda hoje, quando fecho os olhos a noite, sou capaz de sentir a respiração quente dele soprando em meus lábios antes que eu me afaste e chame a atenção para o fato de que devíamos estar dormindo. Nunca dei a ele uma explicação para meu comportamento e acabamos fazendo um acordo não verbal de manter aquela noite em segredo. Entretanto, desde então, Gus não perde a oportunidade de criar um clima entre nós sempre que pode, embora pareça se conter quando o seu fã-clube da loja de cosméticos está por perto.

Por um segundo, sinto que devia olhar para trás e conferir a reação das garotas, mas afasto esse pensamento.

Viro uma esquina, dou mais três passos e sinto meu braço ser segurado. Não tenho problemas para me soltar e continuar andando.

– Na frente do seu pai, Gustavo? No que você estava pensando? – pergunto, indignada.

– Se não posso ter você, ninguém mais terá.

A resposta, apesar do tom sério, me soa divertida, quase como uma piada. Reviro os olhos e rio.

– Suas garotas não ficariam felizes se ouvissem isso.

Gustavo segura minha mão, obrigando-me a parar e encará-lo.

– Você sabe que só me importo com a opinião de uma garota – ele diz.

Seus cabelos louro-escuros cobrem parte dos olhos acinzentados, mas consigo ver o suficiente para saber que ele não está brincando. Acho que odeio ainda mais quando ele faz isso.

Uma onda de calor emana da ponta dos dedos dele para minha mão e a retraio. É preciso muito controle para evitar que meu rosto ruborize, então economizo energia e não comento nada. Apenas continuo nosso caminho.

Depois disso, não mencionamos nenhuma palavra enquanto conferimos se as entradas do forte estão devidamente trancadas ou quando seguimos para o cinema.

Cruzamos com as garotas da loja de cosméticos mais uma vez, mas elas não o chamam. Observo-o de soslaio. Não me parece que ele esteja procurando por elas, o que me faz pensar em suas palavras. "Só me importo com a opinião de uma garota". Talvez eu deva contar a verdade a ele.

Respiro fundo. Chegamos à porta da sala de retroprojeção. Quando ele gira a maçaneta, percebo que só tenho alguns segundos a sós com ele e talvez nunca mais tenha a coragem.

– Gus... – chamo-o. Ele para e me olha, curioso. – Sobre... Sabe... Nós.

Tadeu abre a porta pelo lado de dentro. A princípio, ele sorri ao nos ver, mas logo fica sério, perguntando se havia interrompido algo. Sua interrogação chama a atenção dos demais.

Agora, além de Tadeu, seis pares de olhos me encaram. Carol está encostada em uma parede. Aos seus pés, sentado no chão, Daniel limpa cuidadosamente uma de suas armas. Débora está sentada ao lado do meu irmão. Vivian provavelmente está trabalhando e Pablo e Victor estão acuados em um canto, sem pronunciar mais uma só palavra da conversa que mantinham antes que Gustavo e eu chegássemos.

– Não. Você não interrompeu nada – respondo. Não tenho coragem de encarar os olhos de Gustavo nesse momento, então entro na sala e me sento ao lado de meu irmão.

Débora e Ivan se entreolham e ela se inclina na minha direção.

– Aisha... – ela começa, cautelosamente, mas eu insisto que está tudo bem.

– Não é isso – ela diz. – Temos uma notícia. Vamos esperar a Vivian chegar para anunciar a todos, mas queríamos falar com você primeiro.

Ela segura minhas mãos. Um sorriso de orelha a orelha está estampado em sua face. Viro-me em sua direção e a incentivo a continuar.

– Ivan e eu estamos... namorando – ela pronuncia, cuidadosa. – Já faz algumas semanas, na verdade. Não sabíamos o quão sério ficaria esse relacionamento, mas... – ela faz uma pausa e procura os olhos de Ivan antes de continuar. – Bem, está sério. E estamos pensando em nos mudar.

Acho que eu juntei as sobrancelhas de alguma forma que sugeria uma repreensão, pois Ivan retifica suas palavras logo em seguida.

– Não do forte, quer dizer, mas Débora e eu acreditamos que precisamos da nossa privacidade... – O rosto dela cora levemente quando Ivan diz isso – ... e pensamos em morar na loja de sapatos logo abaixo daqui.

As informações me atingem como um soco na boca do estômago e meus olhos se apertam. Por alguns segundos, não tenho certeza se devo focar minha atenção nela ou em meu irmão. Estou feliz por eles, mas nunca tinha pensado na hipótese de nosso grupo se separar. Além disso, a felicidade deles me faz pensar na minha própria.

Por sorte, uma voz chega a nossos rádios antes que o silêncio entre nós três se torne constrangedor.

– Águias, missão de busca por mantimentos. Nível 5. Câmbio.

Passo o olhar pela sala, percebendo que ninguém reparou em nossa breve conversa, e volto a encará-los. Agora com um sorriso quase sincero no rosto.

– Sim, claro, eu entendo – falo. – Fico feliz por vocês.

Gustavo está ordenando que aprontemos nossas coisas, por isso eu gasto apenas alguns segundos do meu tempo para abraçar Débora. Sorrio para eles mais uma vez e me levanto.

Estou sempre pronta para combate. Nosso "uniforme" consta de equipamentos para minimizar a exposição da pele e facilitar o transporte de armas e munições: calça e jaquetas pretas, cintos, luvas, coldres e capacete. Já uso a calça de combate normalmente, com um cinto firme em minha cintura e um coldre na perna direita, então só tenho o trabalho de vestir a jaqueta por cima da regata antes de pegar o capacete e sair da sala.

– Vou adiantar a entrega das armas – digo, ao passar por nosso líder e me dirigir ao pátio dos bancos.

Uma missão de nível 5 implica vasculhar uma área perigosa e distante, por isso saímos do forte com dois carros. Percorremos a mesma rodovia por seis horas até chegarmos à cidade-alvo e só então nos dividimos para ampliar a área de procura.

Observo a paisagem da cidade. Embora o sol ainda esteja a pino, o lugar me parece cinzento, além de abandonado. Carros foram largados às pressas no meio da rua, por vezes dificultando nossa passagem; lojas têm suas portas abertas ou vidros quebrados; alguns mortos-vivos saem de seus buracos.

Meus pensamentos vagam pelo passado quando sinto um leve cutucão em minha costela. Viro o rosto para Pablo. O rapaz hesita por um segundo, mas prossegue.

– Você está bem? Parece distraída.

– Distraída? – retruco, ao mesmo tempo em que destravo minha arma. – Impressão sua.

Ajeito-me no banco, dou um tapinha no ombro de Gustavo e aponto para um sobrado abandonado. O letreiro indica que ali já existiu uma imobiliária. Não preciso dizer uma palavra para que ele entenda meu pensamento. As janelas e portas do lugar estão lacradas por dentro com tábuas de madeira, o que sugere que ele foi usado como refugio. Se não encontrarmos mantimentos, talvez encontremos um sobrevivente.

– Victor, encoste o carro. Aisha e eu vamos checar o quarteirão, você e Pablo procuram gasolina nos postos e carros. Vamos nos encontrar aqui em quatro horas.

Sincronizamos nossos relógios quando Victor para e descemos.

Dois mortos-vivos rastejam a vinte metros de nós, mas eles não apresentam perigo. Cuidadosamente, caminhamos até a imobiliária.

– Pablo tem razão. Você parece distraída – ele comenta.

Respiro fundo, deixando o ar escapar de meus pulmões o mais lentamente que posso.

– Eu sou a primeira a notar um alvo em potencial e de repente sou distraída – respondo.

Gustavo não parece satisfeito, mas guarda suas perguntas, pois alcançamos o sobrado. A grande vidraça que antigamente enfeitava o lugar está destruída e marcas de unhas são visíveis na madeira utilizada para tampar o vão. Tento observar o interior pelas frestas entre as tábuas, mas não identifico nenhum movimento.

– Como faremos para entrar? – pergunto.

Gustavo rapidamente esquadrinha a região, indica a sacada da imobiliária e me ajuda a subir.

Com a arma em punho vasculho os quartos. Encontro um cadáver na sala principal, mas sua decomposição é natural e sem sinais de infecção. Suspiro, pedindo desculpas ao falecido por termos chegado tarde demais, e continuo a procura. Todos os alimentos passaram de seu prazo de validade, mas encontro duas garrafas de água intactas e algumas lanternas que coloco em minha mochila. Pulo de volta para a rua aproximadamente vinte minutos depois e encontro Gustavo com algumas caixas de cereais na mão e uma pergunta na ponta da língua.

– Tem certeza que não quer conversar?

Torço os lábios e junto as sobrancelhas.

– Onde encontrou isso? – pergunto, e ele aponta para a loja de conveniência do outro lado da rua.

– Estavam no fundo do depósito. Então... A conversa? Posso continuar com isso o dia todo se precisar.

Penso em ignorá-lo mais uma vez, mas não terei paz até contar tudo a ele. Miro um morto-vivo próximo. Ele tropeça em seus próprios pés antes que eu atire.

– Débora e Ivan estão namorando há semanas e pensam em se mudar para a loja de sapatos no andar de baixo – digo, enquanto caminhamos.

– Oh... – É tudo que ele diz.

Ergo uma sobrancelha.

– É tudo o que você tem a dizer? Sinto como se eu não reconhecesse o mundo ao meu redor.

Gustavo suspira e para no meio da rua.

– Você diz um mundo de sofrimento sem felicidade? – ele faz uma pausa. –Olha, eu estou surpreso. Apesar de ter percebido que os dois andavam mais juntos do que o costume, eu não esperava por uma noticia dessa. Só que... Pensei que você estava calada e pensativa por outro motivo.

– Como assim?

Percebo que ele tenta se manter calmo antes de responder, imitando minha voz.

– “Sobre... Sabe... Nós”.

Meus pulmões se enchem de ar imediatamente e eu desvio o olhar para o chão. Balanço a cabeça negativamente de forma quase desesperada.

– Péssima noção de hora e lugar, Gus.

– Não há uma boa hora e lugar com você.

Meu queixo cai e meus olhos se arregalam.

– Não é isso...

– Aisha!

– Eu só quero dizer que...

– Aisha!

– É que...

– Aisha!

– Você insiste em conversar e agora não quer me ouvir? O que diabos... – Mas ele me interrompe mais uma vez. Sua mão segura meu braço e me faz girar, mostrando um horizonte com dezenas de mortos que se aproximam.

– Não é possível! – balbucio.

Guardamos as pistolas ao mesmo tempo e sacamos os rifles de assalto que estavam presos em nossas mochilas. Não ficamos sequer um minuto conversando e havia poucos deles quando saí da imobiliária.

– Como isso aconteceu? – pergunto.

– Eles devem ter sido atraídos pelo barulho quando chegamos – Gustavo comenta.

– Acha que Pablo e Victor estão bem?

– Eles têm o carro para se protegerem.

Gus fica com a responsabilidade de derrubar os mortos enquanto eu procuro uma forma de escaparmos. Noto que uma segunda multidão avança pelo outro lado. Estamos cercados!

Tento manter a calma e observo as redondezas mais uma vez enquanto Gustavo anuncia nossa situação no rádio. A única salvação parece ser um antigo prédio. Ainda não verificamos se o local é seguro, mas não temos outra opção. Se chegarmos até o último andar, estaremos seguros, embora encurralados. Chamo a atenção de Gustavo e corremos.

Vamos até a escada, apenas para nos depararmos com uma porta emperrada. Gustavo força seu corpo contra ela, uma, duas... Três vezes. Sem sucesso. Tentamos voltar para a rua, porém não há outro lugar para nos escondermos.

Vamos morrer em apenas alguns minutos.

Sem que eu tenha dito a verdade a ele.

– O elevador!

A voz dele soa mais alto que meus pensamentos. Estou a ponto de perguntar como usaríamos o elevador sem eletricidade quando percebo que ele está parado no primeiro andar. Ainda estou confusa quanto a suas intenções, mas Gustavo me puxa pelo pulso e tudo fica claro quando ele atira no trinco do alçapão da cabine, empurra a porta para cima e a abre.

– Suba.

Obedeço a sua ordem, aceitando a ajuda para subir. Entretanto, quando estico minha mão para ajudá-lo, sou ignorada.

– O que você está fazendo? – pergunto, quando ele volta a sacar a arma e se vira para a entrada.

– Continue – ele ordena.

Projeto meu corpo para fora do alçapão, ficando de ponta-cabeça, e percebo que os primeiros mortos aparecem na entrada, a quinze metros de nós. Gustavo é bom de mira, gastando apenas uma bala na testa de cada um, mas a munição não vai durar para sempre.

– Está maluco? Não vou te deixar aqui.

– Pode, ao menos, me explicar o que você queria falar sobre nós? Gostaria de morrer sabendo – ele pede, ainda ignorando minha ajuda.

Não consigo acreditar no que está acontecendo. O pedido é completamente inadequado, principalmente porque ele pode se salvar facilmente. Porém, ele continua a me ignorar, então não vejo opção além de responder.

– Conto. Quando você estiver seguro.

Ele ri e murmura um "nunca saberei" antes de dizer que, para ele, é mais importante que eu sobreviva. Ele troca o cartucho de munição, antes de levar uma mão até meu ombro e tentar me segurar para que eu não desça.

Fecho os olhos por um segundo e mordo os lábios, sem acreditar que essa é a melhor ideia que tenho. Seguro o colarinho dele e o puxo em minha direção. Nossos lábios se encontram. Meu coração bate ainda mais rápido quando a mão dele percorre meu pescoço, mantendo-me colada a ele. Não que fosse necessário, afastei-me dele apenas pelo inconveniente chamado morto-vivo.

– Você nunca vai saber o que poderá acontecer se não subir nesse alçapão A-GO-RA!

Ele sorri (um meio sorriso que me faz corar e revirar os olhos) e pede minha ajuda. Sua perna é agarrada por um dos mortos, mas atiro antes que ele prenda seus dentes em Gus.

Estamos a salvo, embora algumas mãos balancem na abertura, vindas do elevador. Sei que eles não vão subir, porém seus dedos em decomposição me deixam enjoada e decido fechar a porta do alçapão.

Observo o lugar. Há uma escada de marinheiro na parede oposta, então só precisaremos subir até o próximo andar e abrir a porta do pavimento. Como as escadas estão bloqueadas no térreo, é aceitável admitir que os andares acima sejam seguros, e não deve ser difícil encontrar material para fazer uma corda e descer de alguma sacada. Talvez precisemos encontrar um apartamento com vista para uma rua pouco movimentada, mas ficaremos bem.

Fecho os olhos e respiro aliviada.

– Não te perdoaria se você morresse de uma forma idiota como essa – comento.

Escuto o som gostoso da risada dele e percebo seu braço ao redor da minha cintura. Não tenho tempo de reagir antes que ele me puxe em direção a seu colo, de frente para ele.

– Não pretendia morrer assim.

Levo um segundo para entender o significado da frase.

– Você me enganou? – pergunto, indignada, tentando me afastar do seu corpo. – Por acaso atraiu todos esses mortos só pra que eu te beijasse?

– Não – ele diz. – Eles apareceram sozinhos, só aproveitei a situação pra tentar conseguir uma resposta. Na verdade, pensei que você não falaria nada. Fiquei surpreso com o que recebi.

– Seu idiota! – exclamo, com olhos marejando, e forço meus punhos contra seu peito. – Você queria me ver sofrer?

Gustavo parece confuso, então continuo.

– Não te beijei no meu aniversário porque não queria admitir que estava me apaixonando. Quer dizer... Olhe o mundo em que vivemos! Nós nunca sabemos se estaremos aqui no dia seguinte e você sabe como me sinto péssima quando perdemos um dos nossos. Se nos envolvêssemos... Se eu também perdesse você...

Uma lágrima corre pelo meu rosto e Gustavo a enxuga cuidadosamente.

– Você está certa – ele fala, beijando meu rosto – Nunca sabemos se estaremos aqui no dia seguinte. É por isso que precisamos aproveitar o que temos agora. Não parou para pensar como teriam sido os últimos dois anos se eu tivesse te beijado?

Abaixo os olhos. Sim, eu tinha imaginado, algumas vezes, mas sufoquei essas imagens tanto quanto sufoquei os sentimentos que tinha por ele. Agora, não parece que a ideia foi tão boa.

– É por isso que fiquei incomodada com a mudança do meu irmão. Achei que todos pensavam o mesmo que eu: relacionamentos iam nos distrair ou nos deixar loucos se o parceiro morresse. E se todos pensassem assim, eu não estaria errada.

– Você parece sua irmã falando. Ouvi dizer que Natanael tenta ficar com ela desde que estudavam juntos – ele brinca.

– Talvez – respondo, rindo.

Um silêncio tranquilo se instala entre nós por alguns segundos.

– Bom – ele diz. – Podemos compensar o tempo perdido.

Ele se inclina em minha direção.

Nossos lábios estão a milímetros de distância quando o rádio soa.

– *Águia azul para águia verde. Estamos a poucas quadras de distância, câmbio.*

Gustavo suspira.

– Por que alguém sempre me interrompe? – resmunga, antes de tentar pegar o rádio. Porém, decido que ele está certo sobre recuperar o tempo e avanço sobre o rádio mais rápido.

– Águia verde para águia azul. A situação está sobre controle. Prosseguir missão. Câmbio.

Devolvo o rádio a Gustavo. Ele sorri, animado, mas o impeço de se aproximar.

– Melhor continuarmos a procura – digo.

– Você só pode estar brincando! – ele responde, desapontado.

Rio e, então, o beijo.

Fundo do Abismo

Carol Chiovatto

Acordei atordoada. Com certeza era um sonho. Se houvesse despertado, não estaria jogada à beira de uma estrada de asfalto e terra – destruída – e cercada de ruínas, com um imenso deserto no horizonte, que parecia engolfar o mundo a perder de vista. Mas por que, então, sentia o corpo pesado, os músculos queimando como se houvesse corrido quilômetros a fio? Por que entrava terra em meu nariz, a garganta arranhava, seca, ardendo? Se ainda sonhava, qual o sentido dos lábios rachados, da respiração dolorosa?

Tentei levantar. Senti um alarme interno apitando ao constatar que meu corpo se recusava a obedecer àquele simples comando da minha cabeça. Precisava raciocinar. Havia algo errado. Se podia determinar o tipo de dor que vinha de cada membro do meu corpo, não estava paraplégica. Devia haver uma razão para não me sentir capaz de erguer-me.

Tossi – e descobri alguma coisa pressionando meu peito. Algo pesado, que não conseguia identificar, retinha-me ali. Sacudi a cabeça, contemplando o vazio dentro dela. Como fora parar ali? Teria sofrido algum acidente? Talvez a memória viesse se eu reconstituísse meus passos com calma.

Mas *por que raios* eu queria saber de tudo aquilo? Precisava era sair daquela situação – ou morreria naquele lugar. A certeza com que aquele fato me atingiu também me impeliu a agir. Meus membros formigavam, mas os forcei para tentar empurrar aquela coisa – e gritei, exasperada pela dor que veio dos ossos. Tinha um braço quebrado.

Inspirei fundo, esperando controlar a dor, ou me acostumar a ela. No entanto, o que consegui foi engasgar com a poeira. Tossi, maldizendo mentalmente a pressão sobre todo o meu corpo que fazia um ato tão corriqueiro se transformar em tamanha tortura. Minha boca estava seca, e mal notei quando o sol forte sobre minha cabeça cedeu lugar a pesadas nuvens de chuva, até o primeiro trovão soar, estrondoso. Os raios pareciam dignos de filmes, transformando por breves segundos o entardecer escuro em uma lanterna na cara. O som dos trovões começava a me deixar zonza. Logo começou a chover. Abri a boca para beber água, mas cuspi – tinha um gosto acre, infectado. Por quê?

Imagens de cogumelos de fumaça bailaram em minha mente; centenas deles se sobrepunham. Guerra nuclear. A China contra os Estados Unidos. O mundo se dividira para apoiar um e outro ou tentar não tomar parte na disputa, mas acabou sucumbindo a ela com um navio sendo dragado pelas águas. *As bombas são só uma medida de segurança,* diziam. *Ninguém vai usá-las*. Em minha pouca experiência, as pessoas que não cogitam usar armas não as têm. Lembrando-me do desastre, perguntava-me que milagre ocorrera para eu estar viva.

Trovejou alto, o que me despertou do atropelo de lembranças. Logo estaria morta, considerando a chuva radioativa que caía sobre mim e que eu tentara ingerir. Escapara ao fogo, ao deslocamento de ar, mas a água me derrotaria. Bem, é sempre ela a provar a nossa pequenez.

Não sei quanto tempo passei sob a chuva. Devo ter dormido algumas vezes, ou quem sabe ter acordado fizesse parte do sonho. O fato é que quando voltei à consciência – tendo adormecido ou não – vi um vulto aproximar-se. Minha visão estava embaçada e precisei piscar algumas vezes para ser capaz de discernir algo. Tratava-se de uma silhueta masculina. Havia outra, de um rapaz menor. Tossi. Encharcada e com frio, via-me sob um céu noturno. Forcei a vista, ainda surpresa. Acho que eu pensava ser a única criatura sobrevivente.

– Quem são vocês? – minha voz soou rouca e miúda, e minha garganta doeu pelo esforço.

– Eu disse que estava viva – uma voz grave soou.

– Eu nem imagino como você sequer *considerou* isso, mas sorte a dela – respondeu uma voz masculina, com uma rouquidão característica de pessoas mais velhas.

Eu os vi se aproximando. O mais jovem segurava uma barra metálica; o outro se aproximou e se abaixou ao meu lado, e notei uma seringa em sua mão. Arregalei os olhos até quase saltarem das órbitas.

– Isto é para garantir que você não sofra efeitos graves da radiação – explicou ele gentilmente. Manteve a seringa no ar até eu assentir, quando senti uma picada suave no pescoço. – Edgar, tenha cuidado. Moça, qual é o seu nome?

– Alice.

– Alice, você sente todo o seu corpo?

– Sinto. Meu braço esquerdo está quebrado.

O homem meneou a cabeça com gravidade. Seguiu-se um momento de hesitação, e os dois juntos ergueram o pesado objeto que me retinha. Vi que trajava um vestido longo, outrora branco, em farrapos. O homem me estendeu seu casaco sem hesitar e passou a improvisar uma tala para meu braço.

– Corvo, ela tem um corte infeccionado na batata da perna – apontou Edgar.

O homem olhou para mim e abaixou-se com a mesma atenção clínica de antes. Eu não olhei. Apenas me questionava sobre o curioso apelido dele. Fitei sua figura. Tinha cabelos negros lustrosos, olhos pretos profundos, rosto magro, nariz aquilino bem expressivo. Havia qualquer coisa interessante naqueles traços, em sua expressão concentrada. Concluí que o nome pelo qual o chamavam fazia sentido.

– Não tenho condições de tratar disso aqui – declarou Corvo, por fim.

– Qual é o seu nome? – perguntei casualmente.

– É impronunciável em qualquer língua que vocês falam, mas quer dizer "corvo" na sua.

– "Vocês"? – perguntei, sentindo o desdém.

Corvo começou a andar à frente.

– Vamos para o abrigo. Eu tenho que tratar sua perna.

Ele soava tão cansado, e tinha olhos tão tristes. Senti meu coração apertar sem entender o motivo. Algo em sua presença tinha uma força magnética, talvez a forma como andava altivo sem parecer arrogante, e como ocultava aquela tristeza gritante com uma calma inquestionável.

– Você é médico? Está trabalhando para o governo?

Edgar lançou-me um olhar alarmado. Antes que eu pudesse perguntar algo mais, porém, Corvo disse, com um suspiro aborrecido:

– Vocês humanos são tão enfadonhos que às vezes me pergunto por que os ajudo.

Parei de chofre e encarei Edgar, que me parecia pelo menos um pouco são.

– Ele não é louco – cochichou. – É de uma espécie parecida com a nossa. A nossa guerra nuclear dizimou o povo dele.

Continuei olhando o homem como se ele fosse retardado.

– Ele tem quase três mil anos.

– Como você sabe disso?

– Ele provou para nós esmiuçando os carbonos das proteínas do seu DNA. E ele levita objetos leves, esquenta ou esfria coisas e lê pensamentos.

Fitei-o, calada, esperando o momento em que ele cairia na gargalhada – o que não aconteceu. Perguntei-me se Corvo era maluco para inventar algo assim, mas, olhando-o, não me parecia.

– Quantos anos essa raça dele vive? – tentei fazer meu som soar o mais frio possível, mas não sei se consegui refrear a carga de ironia que minha voz soprava junto com as palavras.

– Uns quatro mil.

– Ele parece meio jovem pra já ter passado da meia-idade. Se fosse humano, eu daria uns trinta.

– É por causa de uma experiência dele – sussurrou Edgar. – Ele passou os últimos séculos trabalhando numa forma de retardar o envelhecimento das células neurais.

– Pra quê? Eles já vivem quatro mil anos! – Não fui capaz de segurar o sorriso amarelo que veio à minha face.

– Laura.

– Como?

– Era o nome de uma humana. Ele às vezes sonha com ela. Coitado.

– Ela morreu nas explosões?

Olhei para o homem taciturno, morrendo de pena. Talvez a história da outra raça fosse um delírio coletivo, mas de repente aquele semblante triste fez sentido.

– Está morta há cinco séculos.

Pisquei várias vezes, transtornada. Acordara depois de uma

guerra nuclear – estava viva – e não fazia ideia do estado em que o mundo se encontrava. Não sabia nem quanto tempo se passara. Além disso, havia um homem alegando que o outro tinha três mil anos, bem do meu lado. De repente lembrei o motivo daquela conversa toda.

– Ei, Edgar, por que Corvo ficou irritado com a minha pergunta? – murmurei.

– Todos que ele salvou acharam que ele estava trabalhando para algum governo. Não existe mais nenhum governo. Ele está fazendo isso porque pode. Mas ainda há alguns entre nós que estranharam a atitude; acham que Corvo tem algum propósito nefasto para nós.

– E o que você acha?

– Eu acho que a raça dele é outra, portanto não podemos prever as reações dele baseados na nossa forma de pensar.

– Bem, os humanos destruíram todo o povo dele. E se ele quiser se vingar? – indaguei. A essa altura já considerava a possibilidade de que, talvez, Corvo fosse mesmo de um povo recluso que houvesse sido destruído sem tomar parte da guerra estúpida que nos destruíra. Não pensei em nenhum momento, no entanto, que ele chegasse perto dos três mil anos. Era simplesmente absurdo demais.

– E ficar sozinho? Ele morava entre humanos há quase mil anos.

– Mas...

–Edgar, eu entendo que você tenha nostalgia de sua época de adolescente, mas fofocar é... *feio* – Corvo havia parado no alto de um morro, para onde eu nem notara que estávamos seguindo, e nos esperava lá. Não havia traço de riso em sua voz, embora as palavras fossem brincalhonas.

Nós o alcançamos pouco depois. Eu buscava ignorar o fato de que provavelmente fora salva por dois lunáticos, tentando focar no fato de estar viva num mundo sem lei. No entanto, toda a minha linha de raciocínio parou ante a vista que tive, ao chegar ao alto: vi a distância um rastro de destruição. O que fora um bairro bonito de minha adorada São Paulo reduzira-se a ruínas de um modo que nem os filmes apocalípticos teriam previsto.

– O mundo inteiro está assim – disse Corvo. Seu olhar parecia pertencer a um homem que já vira de tudo *mesmo*. Encarei-o, perdida nas profundezas daqueles olhos, e suspirei sem perceber. Depois voltei a olhar os arredores irreconhecíveis.

Como sabe?, quis perguntar. Se não havia mais governo, nem organização social, nem mesmo muitos sobreviventes, como haveria jornais mostrando o mundo em tempo real? Não deveria haver nada inteiro para garantir o funcionamento da internet ou dos telemóveis.

– Não precisamos de jornais para encontrar sobreviventes, até porque eles nunca fizeram um bom trabalho nesse campo. Tenho controle de vários satélites.

Fitei-o com os olhos arregalados. Eu falara algo sobre aquilo em voz alta?

– Não, você não disse nada. Mas pensamentos confusos oriundos de fortes emoções parecem gritar aos meus ouvidos. Era uma habilidade rara entre meu povo – ele disse friamente. Olhou o céu e o horizonte e murmurou: – Precisamos ir.

Apontou para algo que eu não notara: duas motos paradas em um canto. Ao nos aproximarmos, vi que não eram motos, mas planadores. Sua estrutura assemelhava-se à de motocicletas, mas no lugar de rodas havia propulsores movidos a energia solar, que os faziam planar poucos centímetros acima do solo. Eu tivera um, antes do mundo inteiro ir pelos ares.

– Venha comigo, Alice – Corvo ajudou-me a montar no banco de trás e partimos, cruzando a cidade no que me pareceu ser um caminho rumo ao interior. À típica velocidade dos planadores, pude observar a extensão da destruição: não havia prédio ou construção alguma em pé.

Eu me recordo do cheiro de morte e ruína. Havia tantos abutres no céu! Onde teriam as aves carniceiras se escondido durante as explosões? Como sobreviveram à radiação? Sentia-me desesperada para ter todas essas perguntas respondidas. A curiosidade, percebi, tornava-se a minha válvula de escape, porque, se parasse para pensar, lembraria que minha irmã e seu marido deviam estar mortos, assim como meus dois sobrinhos, meus pais, os colegas da empresa e os amigos da faculdade. Senti o vento frio no rosto e percebi as lentes dos óculos molhadas de lágrimas. Eu nem me lembrava de tê-los colocado. O calor de Corvo à minha frente foi o que me impediu de colapsar e entrar em histeria. Decidi acreditar que ele era mesmo de outra raça – depois da pequena demonstração de telepatia, ficava até fácil –, mas preciso admitir que essa decisão vinha mais da vontade de me sentir segura do que de uma crença em contos de fadas.

Devo ter adormecido, pois quando dei por mim estava no campo, passando por centenas de vacas mortas, pastos e plantações revirados. Logo observei que nos aproximávamos de uma imensa construção, a única ilesa que encontrara em todo o trajeto. Entramos numa casa decorada como uma rica residência de campo do século XXI. O pé-direito da sala era de cinco metros. Duas senhoras apareceram à porta que dava para algum outro cômodo, com olhares radiantes.

– Oh, encontrou mais uma sobrevivente, Corvo! – a alta disse. Seu timbre era grave. – É a de São Paulo?

– Sim, Maritza. Eu *disse* que estava viva.

– Onde estamos? – perguntei, confusa.

– Interior do Mato Grosso do Sul – respondeu Corvo.

Franzi o cenho.

– Como vocês me acharam?

– Satélites – respondeu a baixa. – Passamos horas procurando sobreviventes. Você teve sorte, querida. Deve estar faminta! Eu sou Luzia. Vou levar você para um quarto, tomar banho.

– O rapaz de Brasília não sobreviveu? – ouvi Maritza perguntar às minhas costas, quando já seguia a outra.

– Não resistiu à chuva – respondeu Edgar, triste.

Havia mais pessoas ali. Entre cozinhas e salas de televisão (onde vi que três homens manipulavam satélites vasculhando ruínas com empenho hercúleo), contei quinze pessoas, três homens apenas, mais Edgar.

– Quantos há na casa?

– Trinte e três humanos – respondeu a senhora. – Quatro homens e treze mulheres estão fora. Ficam duas sempre no computador central, as duas únicas que podem ficar lá além de Corvo. Alguns estão na cozinha; os outros foram vasculhar locais onde suspeitamos haver sobreviventes.

Eu tentava absorver tudo, mas me sentia tonta.

– Há quanto... quanto tempo foram as explosões?

– Quase uma semana.

Arregalei os olhos.

– Você é forte, menina.

Abriu uma porta, que dava para um quarto com a mesma decoração retrô da sala e cinco camas beliche. No fundo havia uma porta que só poderia levar a um banheiro.

– Vou deixar roupas limpas na sua cama, que será esta aqui. – Apontou-me uma cama de cima, perto da janela enorme do meio do quarto.

– Obrigada, Luzia.

Ela assentiu e se retirou. Finalmente lavei a ferida da perna que não vira antes. Estava nojenta. Um corte aberto cheio de pus e umas coisinhas brancas que eu rezava muito para não serem larvas. Queria esfregar a perna, mas doía demais para sequer deixar que a água corrente a tocasse.

Saí do banho e fiz o caminho para a cozinha, de onde vinham vozes. Todos os ocupantes da casa no momento pareciam estar lá, incluindo Corvo. Logo que me viu, ele me disse para fazer um prato e acompanhá-lo. Senti um frio leve na barriga, que nem imagino de onde veio, mas meu coração parecia apertar e acelerar ao mesmo tempo quando o ouvia.

Enquanto eu me servia de comida, ele se dirigiu a Luzia:

– Você pode, por favor, levar um prato a Aurora e Angélica lá embaixo? É bom que comam comida fresca, e o turno delas não está perto de acabar.

Luzia assentiu. Eu segui Corvo com prato e talheres nas mãos. A comida tinha uma aparência tão boa e um cheiro tão incrível que me sentia zonza. Jamais havia experimentado tal nível de fome.

Chegamos a um lugar inteiramente branco, como um micro-hospital. Havia ali uma maca e alguns aparelhos de alta especialidade médica, assim como instrumentos básicos de enfermagem, que ele foi escolhendo, enquanto eu me havia sentado na maca com as pernas retas para frente. Evitei olhar aquela *coisa* na minha perna, mas nem a visão asquerosa teria tirado meu apetite. Comecei a comer.

– Essa é sua casa?

– Sim.

–E você é o último da sua espécie?

– Não. Todos os que viviam na minha dimensão morreram, mas havia uns dez ou quinze além de mim na dimensão humana.

Ele pegou uma pinça e uma bacia metálica – eu não quis ver o que faria com aquilo. Senti uma dor aguda na área do machucado, mas consegui suprimir o grito num gemido.

– Você sabe se alguém sobreviveu, dentre essas pessoas de que falou?

– Minha filha, Aurora, que vive aqui comigo. Ainda não encontrei outros.

Não sei por que fiquei surpresa, mas me senti estúpida por não antever que um homem de três mil anos teria filhos. Algo se torceu dentro de mim, uma raiva contida, um ciúme leve e bobo.

– É da... da sua esposa humana?

Ele me lançou um olhar sem erguer a cabeça e voltou a seus afazeres.

– Híbridos vivem em média 300 anos. Se ela fosse de Laura já teria morrido faz tempo. Aurora é da minha espécie, e tem pouco mais de quinhentos anos.

Gemi ao sentir uma pontada, mas mantive os olhos no prato. Eu sabia ter feito uma pergunta incômoda, mas algo dentro de mim queria saber, mais do que desejava respostas sobre os últimos acontecimentos depois das explosões nucleares.

– Como sua casa tem controle dos satélites que me acharam?

– Apenas um deles achou você. Aurora trabalhou no Google por cerca de trezentos e cinquenta anos. Sim, eles sabiam sobre *nós*. Ela ajudou a criar e implantar as opções avançadas do Google Earth para empresas de estudos demográficos.

– Eu usava esse *software*!

Corvo sorriu, sem tirar os olhos do que estava fazendo. Algo naquele sorriso era triste e cansado, algo que fez meu coração apertar. Tentei imaginar o que significava, para ele, aquela catástrofe mundial. Reprimi um impulso de me levantar e abraçá-lo, gritando mentalmente o quanto isso era idiota – e sentindo ao mesmo tempo um medo selvagem de que ele pudesse ouvir meus pensamentos naquele instante.

– Por que você está salvando humanos? Por que você não nos odeia?

Corvo fitou-me com um olhar algo indeciso, sempre com uma desolação manchando o fundo dos abismos negros impenetráveis de seus olhos.

– Eu odeio. Não sei por que estou fazendo isso. Odeio porque me sinto traído. No ano da bomba de Manhattan... você sabe o que é isso? O ano de 2017... a radiação passou para a minha dimensão. Matou milhares e fez adoecer tantos outros. Meu povo queria aniquilar a raça humana inteira. Tínhamos tecnologia para isso. Eu lutei *tanto* por vocês, e já que continuam aqui, deu certo. Consegui curar boa parte dos doentes de lá. Levei anos para convencer os anciãos que vocês não eram todos nocivos, apenas alguns. Desaparecemos com o seu urânio. Vocês levam séculos para encontrar um substituto, e o que fazem quando conseguem? Armas de destruição em massa. Ainda bem que Laura morreu antes de tudo isso acontecer. Não viu os seres destrutivos que vocês são, não nesse nível. E por que continuo salvando vocês? Não sei. Talvez porque eu tenha uma fé cega na humanidade, numa bondade que ela não possui. Talvez porque Laura era uma boa pessoa, e uma de vocês. Talvez porque eu contemple minha longa existência com ojeriza à solidão e ao vazio.

Eu começara a chorar sem perceber. Quando solucei, Corvo olhou-me surpreso.

– Eu não vou machucar você – disse, num tom gentil.

– Eu sei – respondi, e chorei mais. – Eu sei...

Observei-o trabalhar, tentando ignorar a dor pungente que se seguia a cada movimento seu. Vê-lo ali, sabendo tão pouco sobre sua história, mas o suficiente para compreender a dimensão de uma atitude como resgatar pessoas e cuidar delas, trazia aquele bater acelerado do coração, aquela dor no fundo do peito que às vezes não sabemos explicar. Ficamos em silêncio durante vários momentos. Ouvia sons metálicos e sentia ora dores agudas na perna, ora um toque macio e úmido, que tanto ardia quanto apartava a dor. Meus dedos do pé estavam dormentes, e teria preferido que minha cabeça estivesse assim, em vez do caos de sentimentos confusos que se enfrentavam. Eu começava a me apavorar com as perspectivas do futuro, sem me dar conta.

Estivera pensando em porquês do passado, mas agora, em segurança, passava a refletir sobre o futuro. O que faríamos? Para onde devíamos ir? Ainda havia *seres humanos*, mas seria possível falar em *humanidade* dali para frente? O que era "humanidade", afinal? Olhando para minhas lembranças mais recentes, tudo o que já ouvira sobre o conceito se esvaziava de sentido. E o que é o homem sem um sentido? O que *eu* seria dali em diante sem um propósito – se é que alguma vez houve algum?

Meu corpo tremia forte, mas só percebi quando, depois de ter me aplicado uma injeção, Corvo parou em pé ao meu lado e olhou bem no fundo dos meus olhos.

– Alice, você tem propósito e tem sentido. O futuro será bem diferente do que você imaginava, mas isso não precisa necessariamente ser ruim.

Pisquei várias vezes, e o remédio deve ter feito efeito, pois me acalmei aos poucos. Eu me vi refletida nos olhos dele, e senti-me puxada como se estivesse no mar em ressaca. Depois reparei em algo.

– Eu disse aquilo tudo em voz alta?

Corvo estreitou os olhos, mas um sorriso leve brincava em seus lábios, o que lhe emprestou um bom grau de descontração. Achei-o tão bonito naquele momento, mais do que achara antes.

– Que *vergonha* – murchei.

– Não se preocupe com isso. Você não é a única a ter a mente orbitando em torno dessas questões. Todos aqui, em algum momento, falam sobre isso.

Assenti, e fiquei olhando para ele em silêncio. Devia ter uma existência tão solitária entre humanos. Corvo riu ante meu olhar constrangido, deu de ombros e terminou de enfaixar a minha perna na altura do machucado. Seu riso soou como uma música aos meus ouvidos. Depois de lavar as mãos, aproximou-se outra vez e retirou a tala que havia feito em meu braço quebrado. Ele me mandou deixar o braço esticado. Aquela posição doía, mas obedeci. Corvo pegou uma chapa metálica cujo centro era feito de um material semelhante a papel vegetal, só que mais sólido. Ergueu o objeto na frente do meu braço e acionou um botão, que fez meu osso quebrado aparecer no centro claro da chapa. Acionou outro botão, e a imagem ficou congelada na tela.

– Pode relaxar.

Baixei o braço, grata. Corvo estudou a imagem em silêncio durante alguns minutos, calado. Eu o observava com o mesmo grau de interesse, desejando poder ver seus pensamentos como ele vira os meus.

Corvo fez os curativos necessários para meu braço e colocou uma tala melhor, não improvisada como a anterior. Era bem desconfortável, na verdade, mas levantar o braço já não doía tanto. Observei todos os movimentos de seus dedos gentis, e mais uma vez me perguntei como seria sentir aquela situação do ponto de vista dele. Devia ser tão doloroso, tão triste.

– Pronto. Trate de não fazer esforços desnecessários.

Sorri em resposta, mas não pensei em nada que valesse a pena ser dito em voz alta. Em vez disso, mudei de assunto.

– Como sobrevivemos à radiação? Ela deve estar em toda parte...!

– As taxas estão baixas aqui. Mas os sobreviventes têm sorte, embutida em seu próprio DNA. Resumindo de forma mais simples, acredito que a guerra tenha forçado uma seleção natural. Poderíamos ter morrido, mas cá estamos, lidando com o recomeço do mundo. – Ele suspirou. Fiquei imaginando tudo o que aqueles olhos viram através dos séculos.

– Então... nós, sobreviventes, somos resistentes à radiação?

– Em algum nível, sim, mas ainda estou monitorando todos vocês. Ainda há possibilidade de desenvolvermos sintomas, tanto eu e Aurora quanto vocês, humanos.

– Sintomas?

– A alteração genética mais comum provocada pela radiação é o câncer, mas há outras possibilidades, como deformação de nascituros e esterilidade decorrente.

– Câncer depois do fim do mundo e impossibilidade de ter filhos... É, nós seremos uma raça extinta logo.

– Não creio. Mas é necessário esperarmos alguns anos antes de pensar em gravidez.

– *Gravidez*? – Sei que estávamos falando disso, perpetuação da espécie e por aí vai, mas a palavra era muito forte.

Corvo fitou-me, apenas, e notei que acabara de me fazer de idiota. Ele provavelmente sabia.

– Bem, e quanto à sua espécie? Não dá para vocês irem adiante, só você e Aurora, não é? – Troféu obviedade para... Alice! Suspirei, exasperada com a minha necessidade infantil de continuar o assunto, prolongar a conversa com ele, mesmo vomitando incoerências como agora.

– Eu sou um pesquisador. Tenho amostras de gametas dos dois sexos guardadas. Aurora poderá gestar uma ou duas crianças de pais e mães diferentes.

– Só?

– Minha espécie não suporta gravidezes emendadas, como a sua. Acredito que, com o devido acompanhamento, Aurora poderia ter os dois primeiros filhos com apenas dez anos de diferença. Mas uma terceira gravidez antes de cem anos da anterior seria muito arriscada.

Eu só conseguia encará-lo, boquiaberta.

– Não dá para humanas gestarem a sua espécie? – perguntei.

Corvo virou-se para mim.

– Em tese, sim, mas isso nunca foi feito.

– Há muitas mulheres humanas aqui.

– Por que fala isso?

– Se metade engravidar de humanos e a outra, da sua espécie, as duas podem viver felizes para sempre. Já pensou nisso?

– É claro que sim. Mas há um empecilho, e bem grave.

– Qual?

– As mulheres *não são* parideiras ambulantes, e seus úteros não são meus para tomar e fazer experiências.

– Mas se você pedisse...

– Eu jamais pediria algo assim.

– Por que não?

– Porque seria como se eu as tivesse salvado para usar seus corpos, o que não é o caso em absoluto.

– Mas você já pensou nessa saída.

– Eu pensei, e nada mais. Não sou humano para tratar meus semelhantes como gado.

– Os humanos são tão horríveis e defeituosos, e mataram todo o seu povo, e ainda assim você nos tenta salvar – esbravejei, buscando um tom irônico que não veio. – Qual é o seu problema? Se nos odeia, por que nos salvaria senão para cumprir os seus propósitos?

– Porque eu não sou um ser humano – respondeu ele quietamente.

Todas as respostas que eu tinha preparadas entalaram na minha garganta, e fiquei sem reação por vários instantes, apenas olhando-o. Por fim, corei de vergonha, humilhada, incapaz de articular uma palavra sequer.

– Você deve precisar de uma boa noite de sono – declarou ele calmamente. – É muito para sua cabeça assimilar em tão pouco tempo. Se sentir enjoo, dor de cabeça ou qualquer mal-estar, por mais corriqueiro que pareça, venha me procurar. Boa noite.

Não lembro nem se respondi nem o trajeto até o quarto. Sei apenas que não dormi bem, muito ou logo.

Nos dias que se seguiram, vivi algo como um sonho desperto. Eu estava ali, entre as pessoas, interagia e conversava, mas não me sentia parte daquilo. As mulheres e os homens se dividiam em grupos, alguns executavam as tarefas de casa, outros procuravam sobreviventes pelos satélites, outros saíam sempre a campo para buscar as pessoas encontradas ou investigar as suspeitas de que houvesse alguém cuja posição não se pudesse confirmar pelo satélite.

Descobri que Corvo tratava todos os sobreviventes do mesmo modo atencioso que demonstrara para comigo. Sempre paciente, sempre questionando como estavam se sentindo, se haviam observado algo diferente e perguntas afins. Por algum motivo além da minha compreensão, ele parecia ter um verdadeiro interesse na continuidade de nossa espécie. Eu observava suas interações com os outros com uma inexplicável pontada de ciúmes.

Um dia trouxeram uma moça, recém-salva, sem ferimentos, mas muito fraca. Estavam para se completar dois meses da catástrofe mundial. Observei Corvo agitado, buscando os soros adequados para colocar em sua veia. Fiquei à porta da enfermaria a observar todas as suas ações com obstinada atenção, encarando com pena e com admiração todo aquele empenho para salvar uma de nós. A jovem tinha uma expressão de choro, mas seus olhos não vertiam lágrimas.

– Obrigada... – sua voz fraca murmurou. – Mas não acho que vou conseguir.

Nesse momento Corvo parou, sentou-se ao lado dela e acariciou-lhe os cabelos.

– Está tudo bem. Vai ficar tudo bem.

Ela sorriu – e fechou os olhos, soltando um último suspiro. Corvo suspirou e beijou-lhe a testa. Naquele instante entendi algo a respeito dele, talvez o motivo por que eu me sentisse tão inexplicavelmente orbitando ao seu redor: ele tinha, sim, muito de humano, mas só a parte boa – aquela da qual gostamos de nos vangloriar. Virou-se para mim, seus olhos tão cansados de tudo, tão insuportavelmente tristes.

– Você sente algo estranho? – questionou, esforçando-se para assumir um tom profissional, enquanto retirava as agulhas e o soro do corpo morto da menina.

Aproximei-me e o abracei com força, interrompendo todas as suas ações. Queria dizer que tudo ficaria bem, que encontraríamos mais sobreviventes, que eu o ajudaria em tudo o que precisasse, mas não consegui dizer as palavras; elas simplesmente não vinham. Em vez disso, apertei-o mais em meu abraço. Senti-o tremer e percebi, estupefata, que ele estava chorando. Meu coração partiu-se em mil pedaços. Como não amar aquele homem que não era um de nós, mas assim se fazia? Um sobrevivente das eras, das nossas vitórias e das nossas desgraças, e um participante ativo em todas elas?

Eu não o soltei enquanto não o senti acalmar-se. Quando o fez, beijei-lhe os lábios, apenas de leve, ao que não pareceu surpreso.

– Eu gostaria de me voluntariar às suas experiências para trazer de volta sua espécie, quando passar o tempo necessário para ser seguro.

Corvo abriu a boca para retrucar, mas pousei os dedos sobre seus lábios e fiz que não com a cabeça.

– Isso não está em discussão.

Senti-me bem ao falar assim. Algo brilhou nos olhos dele, alguma coisa que pretendia ser esperança, uma expressão de partir o coração para alguém já tão devastado. Ele não agradeceu, talvez porque soubesse que minha decisão não era para o mundo, mas para *ele*. Talvez achasse que poderia me dissuadir da ideia, mas poucas vezes na vida tivera tanta certeza de algo. Apesar da menina que não resistira à demora no resgate e da certeza de que, dali em diante, encontraríamos cada vez menos sobreviventes, entendi que o futuro era minha responsabilidade, assim como de todos os que viviam ali e daqueles que, porventura, houvessem conseguido resistir em nossa atualmente inóspita Terra.

Sorri para Corvo com tudo o que havia em meu coração, e ele me sorriu de volta, com uma aparência tão mais leve. Abracei-o outra vez, mais apertado, e ouvi-o suspirar. Compartilhávamos algo muito maior do que o resto das coisas ao nosso redor, e sentia que poderia fazê-lo feliz enquanto eu vivesse.

O passado era uma certeza cara, mas o futuro estendia um tapete de possibilidades diante de nós.

Futuro do Pretérito

Patrícia Loupee

Futuro

Os transformados se aproximam pelos corredores muito mais rápido do que podemos correr. Metade do grupo tomou outro caminho, escadarias abaixo, mas conseguimos ouvir seus gritos quando foram alcançados. Os outros dois que estavam conosco também já foram pegos.

Outra vez, restamos apenas nós dois, meu anjo triste e eu.

Um ano atrás, quando ela me encontrou, eu nunca poderia imaginá-la da forma como a vejo agora: correndo como o vento, com os olhos de águia ao disparar cada tiro certeiro, porque no sucesso de cada um deles é que se agarram as nossas vidas.

Eu paro um momento pra mirar, medindo a distância o melhor que posso no pouco tempo que tenho. Mais um deles se vai, muitos outros se aproximam. Viro-me e volto a correr, mas não a vejo mais em lugar nenhum.

– Angela! – O nome dela queima na minha garganta, e o meu grito desperta ainda mais a fúria deles.

Nos meus olhos quase cegos pela adrenalina do momento, eu não vejo o final do corredor, nem a porta aberta por onde um braço me puxa para o interior de uma sala e bate a porta.

Antes que eu consiga entender o que está acontecendo, já há um pesado aparelho hospitalar rastejando rumo à saída.

– Me ajuda com isso! – É a voz dela, aflita, mas ainda firme, tentando empurrar o equipamento sem qualquer sinal de cansaço.

Minhas mãos se reúnem às dela por reflexo, e eu mal sinto o esforço até o aparelho bater contra a parede, bloqueando a porta. Um primeiro baque nos avisa de que apenas uma chapa de madeira não muito grossa nos separa deles e, na tentativa de atrasá-los, eu travo uma cadeira entre o aparelho e a maca de metal do quarto. Parece ser o bastante, por enquanto.

– Isso não vai durar pra sempre... – ela complementa os meus pensamentos, para depois desabar de joelhos no chão.

Corro pra ampará-la, mas com um sinal de mão, ela me diz que está bem. Está apenas ofegante, tanto quanto eu.

Lá fora, os transformados rugem, chacoalham a porta. As mãos de Angela se fecham em torno das minhas. Com muito custo eu desprendo meus olhos da porta e procuro pela janela.

– Quantas balas você ainda tem? – pergunto, conferindo a minha munição.

Ela tira as balas de 38 dos bolsos, soltas e armazenadas sem qualquer cuidado, e começa a contá-las. Eu me dirijo à janela. É um basculante pequeno, próximo do forro da sala. Preciso de uma cadeira e de um impulso para conseguir enxergar através dele.

– Tenho doze! – Angela informa, mas eu mal consigo escutá-la diante daquela visão.

Do lado de fora, há um túnel, com a luz do dia em uma das pontas. Separando-nos dela há um basculante minúsculo pelo qual, com certeza, não vamos conseguir passar, e cento e cinquenta metros repletos de transformados.

– Marcus...? Quantas você tem? – ela insiste na pergunta. Já a fez antes, mas eu mal a percebi.

Eu me solto da janela, tropeço na cadeira e vou ao chão, porém mal sinto o impacto dele contra os meus ombros e cabeça. Ela vem em meu amparo agora. Não que eu possa sinalizar que esteja bem.

– Marcus...! – ela sussurra em meu ouvido enquanto tenta me colocar de pé. – Não se atreva a me deixar sozinha agora...

Apoio uma mão no chão e me esforço pra ficar sentado, procurando pelos olhos dela. São castanhos, enormes, pra sempre os olhos do meu belo anjo triste. E, ainda assim, capazes de transmitir muito mais calma do que eu.

– Eu não vou conseguir tirar você daqui... – lamento,

fechando os meus olhos, a parte de trás da cabeça latejando com a pancada.

Mas é então que as mãos dela envolvem o meu rosto, e ela me força a encará-la.

– Se você não vai conseguir, eu faço isso. Mas nós não vamos morrer aqui, não agora que... Nós finalmente vamos poder sossegar lá fora... – Os olhos dela se enchem d'água. – Ninguém vai desistir. Está bem?

Ela continua me olhando, e permanece assim até que eu concorde.

Já faz um ano que ela está ao meu lado, e até hoje eu não sei dizer por que continua aqui. Só sei que dizer obrigado um milhão de vezes, vezes mil, não seria o bastante pra mensurar tudo o que ela já fez por mim.

Tal como agora, também estávamos diante de uma morte certa no dia em que nos conhecemos. A diferença, daquela vez, era que estávamos escolhendo a vida ao invés da morte.

Pretérito

A torre ia se aproximando a cada metro que o carro vencia. Não era tão alta quanto eu me lembrava – e meu irmão riria de mim se eu comentasse isso –, mas deveria ser o bastante.

Precisava ser.

A cidadezinha foi se aproximando também. Essa sim, era exatamente como eu me lembrava: casas em estilo colonial europeu, paredes de pedra com esquadrias de madeira escura, ruas de paralelepípedo estreitas e brilhantes e árvores altas, de copas densas, para todos os lados.

Tudo ainda parecia saído de um conto de fadas – exatamente como havia dito para a mãe a menininha de apenas cinco anos de idade que eu era, quando estivemos lá pela primeira vez.

Exceto, é claro, pela completa falta de vida, com a qual eu nunca conseguiria me acostumar. Mas já não ficava surpresa. Desde que tudo acabou, ou você vê gente infectada, gente morta, ou os transformados. Principalmente os transformados, embora já faça um bom tempo, e até mesmo eles já tenham se tornado raros.

Agora, o mais comum são cadáveres ou nada.

A cidade era minúscula, mas ainda assim, eu demorei a encontrar a praça da igreja, deixando a torre me guiar. Meu irmão me contava do nosso pai, enchendo a boca para contar que aquela igreja havia sido uma das primeiras do país e que apenas a torre do sino havia levado quase cinquenta anos para ser terminada.

Os fundadores queriam que a torre fosse alta o bastante pra que os sinos chegassem aos ouvidos de Deus, e, se você pudesse subir até o topo, teria suas preces atendidas assim que chegasse ao chão.

Meu pai era professor de História e adorava este tipo de curiosidade. Sorte a dele, ter partido deste mundo antes de vê-lo acabar.

Finalmente eu vi a praça da igreja, com seu pavimento de tijolos coloridos e suas vastas escadarias, que no momento levavam a uma porta dupla de madeira estraçalhada.

Parei e observei as redondezas. Havia outros carros estacionados, prova de que eu não havia sido a única a procurar aquele lugar, mas nenhum vestígio visível de seres humanos ou de transformados.

Peguei o revólver e desci. Ainda havia muita comida no banco de trás e no porta-malas, mas deixei toda ela trancada no carro com o meu irmão. Ele não poderia continuar me seguindo agora.

Aquela cidade era a minha mais querida lembrança da vida que eu tive antes do fim; minha mãe, meu pai, meu irmão e eu reunidos e em paz, num tempo em que nenhuma preocupação sobre estar vivo ou morto amanhã nos acometia.

No dia em que precisei tirar uma vida pela primeira vez, eu sabia que estava completamente só com minhas lembranças, e não desejei que mesmo elas sumissem quando eu, inevitavelmente, me tornasse uma transformada também.

Escolher era um dos últimos privilégios que eu ainda tinha. Portanto, eu iria subir no topo daquela torre, fazer minhas preces e voar lá de cima, rumo aos tijolos coloridos do chão.

Se alguma prece pudesse ser ouvida e realizada, seria aquela.

Ao me aproximar da porta estilhaçada da igreja, percebi que o termo “sepulcral” se aplicava não apenas ao silêncio como também ao cheiro: carcaças de transformados estavam espalhadas por todos os lados; mortos e decompostos, terríveis adornos de um cenário que eu apenas conseguia imaginar, embora não quisesse.

Continuei, ainda assim.

Passando pelos bancos, desviando-me dos cadáveres, cheguei até o altar e o atravessei sem olhar para as imagens sacras logo acima. Atrás delas, uma pequena passagem dava entrada para a sacristia e para uma escadaria estreita e escura, em espiral. As escadas que levavam ao topo da torre.

Conforme ia subindo, me preparava para chegar lá em cima, cada vez mais certa de minha decisão. No entanto, conforme o topo foi ficando mais perto, deixei de estar tão segura assim – não por arrependimento, nem por medo ou por descrença, mas devido a um ruído que chegava aos meus ouvidos.

Por um instante, pensei tratar-se de um transformado, mas o som não se assemelhava a nenhum dos que eles eram capazes de produzir. Também pensei que fosse meu irmão me pregando peças – não seria a primeira vez que ele fugiria de um lugar fechado – mas em momento algum chegou a me passar pela cabeça que aquilo fosse o que realmente era: a voz de outra pessoa.

Apenas quando cheguei ao topo e dei a volta no enorme sino de bronze do campanário foi que eu o vi, e me choquei com a visão que tive.

Era um homem, e estava de pé, de costas pra mim, parado sobre o parapeito de uma das janelas baixas do campanário. Tinha os cabelos castanhos, despenteados, na altura dos ombros, vestia uma camiseta sem mangas e jeans, e chorava como um garotinho, olhando para baixo.

"Infectado", pensei, rangendo os dentes, com raiva dele por arruinar os meus planos.

Puxei a arma da cintura e apontei pra ele, mas, enquanto engatilhava, ele repetiu meu gesto, apontando uma semiautomática na minha direção sem nem mesmo olhar.

– Vá embora! – exclamou. Tive dificuldade para entendê-lo a princípio, pois fazia muito tempo que não ouvia outra voz além da minha.

Engatilhei a arma. Estava tão trêmula quanto ele. Era de se admirar que já não houvesse caído de onde estava empoleirado.

– Deus não vai ouvir as preces de um maldito transformado – falei, com o tom de voz mais incisivo que encontrei em mim mesma. – Tudo o que você vai conseguir é se esborrachar lá embaixo e voltar.

– Não estou doente. – Eu mal havia terminado a minha frase e ele já havia feito a colocação.

Meus olhos devem ter ficado do tamanho de pratos, naquele instante.

– Não... Está? – A pergunta ficou parcialmente presa na minha garganta. – Mas então por que... Como chegou aqui?

Ainda sem descer do parapeito e num gesto muito ágil, ele engatilhou sua arma e fez um disparo, o que me obrigou a me atirar ao chão por reflexo, com um grito que quase me ensurdeceu.

– Me diga *você* como chegou aqui! – bradou o homem, em meio a lágrimas e soluços. – Ou faça melhor e vá embora, cadáver!

– *Eu também não estou doente, droga*! – gritei, e foi meu sobressalto o que finalmente fez com que abaixasse a arma.

Futuro

Veloz, ela se ergue do chão e corre pra porta, examinando-a outra vez. Olha ao redor, senta-se no chão, entre a cadeira travando a porta e o aparelho médico. Não desistiu, está apenas pensando.

E enquanto ela pensa é que eu vejo, também no alto, acima da maca, uma passagem de ventilação.

Talvez eu não consiga passar, mas ela sim. Ela vai voltar a ver o sobrado de tijolos vermelhos no alto da colina, a casa que escolhemos pra nós.

Ela vai ter mais uma chance, e é tudo o que basta.

Imediatamente eu subo na maca e começo a forçar a grade de proteção pra que se abra. É de alumínio, não vai resistir por muito tempo, mas a porta do quarto também não. Ouço madeira sendo rasgada do lado de fora.

Com duas pancadas, a grade entorta, abrindo uma fresta por onde eu consigo forçar o primeiro parafuso pra fora. As pancadas dos transformados fazem a maca sacudir com violência, e lascas de madeira voam pro interior do quarto com um estampido.

Angela grita quando o primeiro deles consegue passar uma

mão para o lado de dentro, e num salto se coloca de pé, já empunhando a arma.

Mais um parafuso já vai ser o bastante, mas é o que parece ser o mais difícil de abrir.

– Eu já te pedi desculpas por ter tentado atirar em você? – Angela ergue a voz acima dos rugidos e dos tiros que ela mesma dispara.

Não estou certo se entendi o que ela disse.

– Em qual das vezes? – grito, sem olhá-la, cortando a mão numa das grades de alumínio enquanto as torço.

Um ano do meu lado. Oito meses como um casal. E a última vez que ela apontou uma arma pra mim foi há três semanas.

– Todas! – Ela tem pânico na voz e está lutando pra não se deixar abalar.

Um novo baque contra a porta se transfere até a maca, através do aparelho e da cadeira travada entre os dois, que se afrouxa do lugar e cai. Angela apoia um pé contra a barricada e dispara um novo tiro.

Mais um deles se vai, mas também outro pedaço da porta.

– Eu... – Ignoro o sangue entre os meus dedos e continuo a puxar o alumínio. – Acho que não!

– Então... – Outro tiro, outro caído. Agora ela só tem mais oito balas, mas não sabemos quantos deles ainda estão lá fora. – Desculpa!

Ainda tenho mais um pente e meio. Vinte e sete ou vinte e oito tiros, se muito, e a minha arma é muito menos eficaz que a dela.

Nunca vai ser o bastante.

– Está aceita! – A força se esvai da mão cortada, e eu começo a tentar com a outra. – Posso me desculpar por uma coisa também?!

Mais um tiro, sete balas.

– Mas... – Seis balas agora. – Pelo quê?

Apoio a mão cortada na parede, e com a outra agarro as tiras de alumínio com toda a força que tenho.

– Lembra um dia antes de encontrarmos o Juan e a família dele, da carne de cervo que eu trouxe pra nós? – Dou um tranco na grade de proteção. Acho que tirei algum tendão do lugar, mas não posso me importar com isso agora.

– Sim! O que é que tem? – Ela atira outra vez. Cinco balas apenas.

– Não era cervo! – O segundo parafuso finalmente cede, e não consigo controlar o riso com o meu triunfo.

– Era o que então?! – Ela me olha, chocada.

– Cachorro! – Amasso as rebarbas de alumínio o melhor que posso.

– Você me fez cozinhar um *cachorro*? – O pânico dela se mistura com repulsa.

Um deles já está com praticamente meio corpo para dentro do quarto. Salto da maca e escoro a nossa barricada com os ombros.

– Sempre me disse que adorava comida oriental...

Ela me chuta na lateral dos quadris, por falta de alcance a lugar mais propício, e dispara mais um tiro. Mais quatro balas e contando.

– Eu cuido da porta... – respondo, mudando o assunto para algo mais urgente, e aponto o duto de ventilação com a cabeça. – Você vai primeiro.

Mas Angela me encara, apavorada, baixando a arma e deixando cair os ombros.

– Eu não vou sem você! – ela ofega ao dizer.

Eu saco a minha pistola e sorrio, tentando tranquilizá-la:

– Eu vou estar logo atrás, anjo. Eu prometo.

Ela atira mais uma vez, e a bala passa a poucos palmos da minha cabeça. Três tiros agora.

– É melhor cumprir o que está dizendo...

Ela me olha com severidade e pula sobre a maca, apoiando-se como pode para subir e sumir através do duto. Mas mal colocou a cabeça pela passagem e já retorna, apavorada.

– Angela, o que foi? – Eu disparo alguns tiros por cima do meu ombro, e o transformado que derrubo cai por cima do aparelho.

– Eu não posso passar – sussurra Angela.

E, ao ver o puro pavor estampado no rosto dela, já sei do que se trata.

Pretérito

Durante um longo tempo, permanecemos em silêncio, encarando um ao outro sem acreditar que estávamos diante de um ser humano saudável, cuja expectativa de vida seria maior do que apenas algumas horas.

– Como eu sei que você não está mentindo? – foi ele quem quebrou o silêncio, e foi quando eu finalmente consegui olhar direito para o seu rosto Era jovem, até mesmo bonito, mas... Ele estava mentindo.

Ele estaria morto em breve. Todos estavam.

– Como eu posso saber que você não está mentindo também? – retruquei.

– Vê alguma marca de mordida em mim? – perguntou como quem lançasse um desafio. – Algum arranhão? Alguma mancha de sangue?

– Também não tenho nada disso em mim. – Por fim consegui quebrar a corrente de perguntas. – Isso ainda não explica como você está aqui.

Ele ficou em silêncio outra vez. Pus-me de pé, tateando por meu revólver enquanto o fazia, ainda sem escondê-lo na cintura.

– Você tem nome? – Mais uma vez, era ele que fazia as perguntas.

– Me chamo Angela – falei; parecia ser a única atitude coerente a tomar no momento. – E você?

– Marcus.

Logo depois de falar, ele começou a rir num tom ligeiramente histérico. Assustada e ofendida, recuei um passo. Não era impossível que ele estivesse louco também.

– O que é tão engraçado? – questionei-o em voz baixa.

– Nada... – Mas Marcus continuou a rir. – Eu só tinha pensado que... Que nunca mais diria o meu nome pra ninguém. É só isso.

– Estava enganado, pelo visto...

Avancei um passo, relutante. Ele estava assustado, e eu não quis piorar a situação. Decidi que o melhor era me sentar, e o fiz apoiando as costas contra a parede e abraçando meus joelhos, enquanto ele continuava de pé no parapeito, ainda sem qualquer intenção de descer.

– Há quanto tempo você está sozinha, Angela? – ele prosseguiu com o interrogatório, virando-se para mim com uma sobrancelha erguida.

– Seis meses. – Fechei os olhos, sentindo-me imensamente cansada.

Se ele saltasse, o caminho estaria aberto pra mim, e eu não queria ver quando acontecesse.

Talvez não funcionasse.

– Faz tempo. Mais tempo do que eu – Marcus disse, vago, numa voz trêmula e sombria, quase um sussurro. – E você perdeu alguém importante?

– Demais – respondi, rapidamente.

– E como se sente com isso? – Ele usou o mesmo tom da pergunta anterior.

Ainda com os olhos fechados, suspirei profundamente antes de responder:

– Morta por dentro. Eles eram tudo o que eu tinha, e agora estão vivos só nas minhas lembranças. E eu não quero que até mesmo estas lembranças sejam tomadas de mim.

Marcus me lançou um olhar de soslaio com os olhos claros, marcados de choro e profundamente entristecidos, olhos de quem já havia perdido todas as esperanças na vida.

– E por que você veio pra cá? – Mais uma vez, ele fazia a pergunta como quem me desafiasse a responder.

– Pra saber se ainda consigo ter alguma esperança na vida. – As palavras saíram cuspidas da minha boca. – Ou morrer tentando.

E ele recomeçou a rir.

Futuro

Uma das primeiras peculiaridades que notei a respeito de Angela foram os pesadelos. Eu também tinha alguns, portanto não achei que fosse grande coisa; comecei a contar sobre os meus e, com o tempo, ela passou a me contar sobre os dela. Com o passar dos dias, eles foram se tornando algo menos importante.

A segunda coisa foram as esporádicas conversas que ela tinha com alguém que não estava realmente lá. O irmão dela, pelo que diz, embora nunca tenha me falado sobre o que aconteceu com ele.

Acho que ela o viu morrer, ou nunca mais conseguiu encontrá-lo, mas isto nunca o impediu de lhe fazer "visitas" quando ela fica assustada ou agitada.

– Angela?! – chamo, mas ela não olha pra mim. – Angela, é o Daniel...? Ele está no duto?!

Ela assente com a cabeça. Tento manter o sangue-frio, mas nunca foi tão difícil quanto agora.

– Ele não pode mais te machucar, anjo! – Tento travar a cadeira de volta no lugar, mas o aparelho médico cede alguns centímetros e um deles está tentando forçar sua passagem pra dentro. – Não está aqui de verdade!

– Você não sabe o que está dizendo... – murmura ela, o pranto iminente na voz.

Ela está em choque, encolhida sobre o colchão da maca, e não vai se mover dali a menos que eu faça alguma coisa.

Solto a barricada apenas o suficiente pra que o transformado que está bloqueando a porta passe, e num instante ele está preso no quarto conosco. Nos poucos segundos que levo pra travar a cadeira entre o aparelho e a maca outra vez, ele já está avançando pra cima dela, garras à frente do corpo e dentes à mostra.

Tal como esperava, vejo-a estourar os miolos dele.

Ela só tem mais duas balas agora.

– Você precisa ir agora... – Subo na maca com ela, forçando-a a ficar de pé.

– Não enquanto ele não sair dali... – Ela se levanta, mas se afasta da entrada do duto.

Outro deles está subindo pela barricada, e há um que utiliza seu companheiro como escada pra chegar até nós também. Começo a atirar.

– Angela... – Arranco um pouco mais de sangue de mim mesmo ao morder os lábios em raiva contida; em parte raiva dela, em parte do meu pente de munição que acaba de se esvaziar.

– Marcus, eu não posso... – Ela me olha com desespero genuíno nos olhos, de onde torrentes de lágrimas despencam.

Eu sei muito bem que, pra ela, o irmão bloqueando o caminho no duto é muito real. Mas não tenho outra escolha além de obrigar minha realidade a se sobrepor à dela.

– Angela, o seu irmão está morto! – Agarro-a pelos ombros e a sacudo com força, mas ela me derruba sentado sobre a maca com um empurrão.

– Eu sei que ele está! Eu mesma o matei! – vocifera, curvando-se sobre mim.

Paraliso, mas apenas por um segundo, pois o empurrão dela tirou mais uma vez a cadeira do lugar.

Nossa trava se foi e a barricada cede rápido, o pesado aparelho sendo arrastado sob a força de pelo menos cinco transformados se empurrando através da porta.

Eu me ponho de pé, trago-a pra perto e a beijo como se fosse a última vez.

Porque pode muito bem ser a última.

– Eu sei que você fez o que pôde por ele... Mas agora precisa fazer por você. E por mim. – Tomo a mão dela, colocando-a sobre a entrada do duto. – Angela, eu amo você, mas... Por favor: *vai.*

Ela me encara, ainda chorando e com medo, mas enxuga os olhos no antebraço e me encara:

– Eu te amo também – diz, e é a primeira vez que o faz. Depois se dá o impulso pra subir e finalmente some através do duto.

Sou o único que precisa de ajuda agora.

Pretérito

– Se você não estivesse aqui... – Fiz o que pude para ignorar seu riso insano e continuar. – Eu já teria feito as minhas preces e voltado ao chão. Do mesmo jeito que você está querendo voltar.

Ainda rindo, ele olhou para baixo, em busca dos tijolos coloridos do pavimento da praça.

– A minha família vivia aqui. Nesta cidade – começou ele, não sem alguma dificuldade em conter seu riso nervoso. – Um dia ou dois depois que tudo começou, foi a última vez em que eu ouvi a voz da minha mãe... Pelo telefone. E ela me disse que eles, ela e o meu pai, e os vizinhos, iriam se sitiar aqui, na igreja. E eu vim correndo pra cá, com dois amigos da faculdade, o mais rápido que pude, mas quando nós finalmente chegamos, bem... Você viu o que aconteceu lá embaixo. Só encontramos duas pessoas vivas, na cidade toda, e resolvemos ir até as cidades vizinhas tentar encontrar mais alguém e...

Parou de falar, respirando fundo, tentando encontrar palavras para prosseguir, o riso histérico se convertendo em soluços. Por fim, quem acabou terminando a história fui eu:

– Mas vocês não encontraram ninguém. E os seus amigos foram morrendo um a um enquanto procuravam, até sobrar só você. Ou me enganei?

O silêncio reinou uma vez mais. Marcus agora encarava o céu ao invés do chão, e eu, enterrava a cabeça entre os braços e examinava as pontas dos meus sapatos.

– Você já sabe como eu cheguei aqui, Angela. – Foi ele quem quebrou o silêncio novamente, a voz ainda trêmula das lágrimas, mas enormemente séria. – Pela mesma razão que você: azar.

– Azar? – ergui a cabeça depressa ao perguntar, olhando no fundo dos seus olhos. Ele chacoalhou a cabeça em um gesto positivo:

– O azar de ter sido o último a restar vivo. – Parecia estar se acalmando, e falava com uma sombria convicção na voz. – De ver cada uma das pessoas que você ama morrer, e precisar vagar por ai...

Ele desviou o rosto, outra vez sem conseguir completar a própria frase. Arrisquei-me a fazê-lo por ele novamente:

– Sozinho? – Avancei outro passo, pela primeira vez sem medo de assustá-lo.

A resposta de Marcus foi um novo aceno de cabeça. De onde estava, eu via os seus olhos, cerrados e molhados de choro, que ele tentava conter com as costas da mão.

– E de tanto ficar sozinho, começar a morrer mais depressa... – prossegui. –Pelo simples fato de ainda estar vivo. Não é?

Outra vez, um meneio mudo foi minha resposta.

– Muita gente escolheu morrer antes mesmo de começar a lutar – continuou, ainda muito sério e com um forte embargo em suas palavras. – Eu lutei até onde eu consegui. Mas não quero mais ficar sozinho agora.

Apenas quando o ouvi me dei conta da loucura que havia me levado até ali, mas, ao invés de me sentir chocada, ergui-me do chão devagar e guardei a arma no cós da calça, dando um último passo na direção dele. Agora eu estava perto o bastante pra poder puxá-lo, se quisesse, mas apenas pousei uma mão sobre o seu ombro.

Se eu não ia fazê-lo, não poderia permitir que ele fizesse.

Não deixaria a história do meu irmão se repetir.

– Não estamos mais sozinhos – disse eu, em voz baixa, duvidando da minha própria calma.

– Mas você vai acabar morrendo também... – o olhar dele era inseguro e desesperado como eu nunca tinha visto em ninguém até então.

– É, eu vou. Você também. Todos nós, um dia. – Minhas palavras em tom sério foram ditas bem perto do ouvido dele. – Mas, até lá, ainda podemos encontrar outras torres altas, de onde atirarmos apenas orações e não a nós mesmos. O que você acha?

Marcus me encarou, parecendo confuso. Por algum tempo, temi ter dito alguma besteira, mas, depois de demorados segundos, ele tirou o primeiro pé do peitoril e o pousou do lado de dentro.

Estendi a minha mão para ajudá-lo a tirar o outro.

Futuro do pretérito

Um dos transformados avança sobre a maca, encurralando-me contra a parede; não tão distante da entrada, mas o bastante pra me impedir de subir.

Chuto o desgraçado no meio da cara, e ele cai pra trás levando outros dois consigo. Recarrego a pistola, disparo alguns tiros nos próximos da fila. Isso apenas os atrasa, mas vai ter que bastar.

Cada nervo das minhas mãos se contorce em protesto quando eu me apoio para o primeiro impulso duto de ventilação à dentro. Não vou conseguir passar tão fácil quanto Angela o fez, mas ainda consigo me espremer dentro da passagem – ter um deles arranhando as minhas botas lá fora apenas me serve como motivação.

Arrasto-me os primeiros metros através do duto, e os rugidos deles ficam para trás. Mais alguns metros e alcanço uma bifurcação, onde, à direita, cerca de quinze metros adiante, vejo Angela, já forçando a passagem para fora com os pés.

Sei que ainda é cedo, mas respiro com alivio. O pior, de qualquer maneira, já passou.

Quando eu a alcanço, a passagem já esta aberta, e ela me estende uma mão pra me ajudar a sair. Mal estou de pé e já a vejo correndo rumo às grades para escalá-las. Imito seu gesto.

Ela é a primeira a pular; eu chego ao chão apenas um momento depois.

– Marcus... – diz Angela, ofegante. – O que nós... Vamos dizer...?

Olho para ela e a urgência desesperada em seus olhos me relembra que, por mais que estejamos a salvo e ainda tenhamos muito a viver pela frente, os outros já não têm mais.

– Eu... Não sei...

Ela se atira em meus braços, e assim nos mantemos por um longo tempo, chorando em silêncio pelos companheiros caídos, mas felizes por estarmos a salvo.

– Acho que o caminhão esta lá do outro lado... – – ela me traz de volta a realidade. – Vamos ter que dar a volta.

Seguro a mão dela e começamos a caminhar de volta ao veículo, devagar. Esta é a hora em que toda a adrenalina se esvai, e corpo começa a reclamar do abuso: ela está mancando, enquanto eu sou obrigado a segurar meu ombro pra conter a dor.

É quando eu percebo que os rugidos e grunhidos dos transformados ainda são audíveis. E não deveriam ser.

Estamos na parte de trás do hospital, onde há um bosque pequeno e um cemitério. Numa abertura entre as grades, a entrada do túnel, o mesmo túnel que avistei do quarto onde estivemos presos.

Congelo no lugar onde estou.

– Marcus, o que foi?

Angela ainda não percebeu nada, e se vira para mim, confusa. Eles já nos notaram, e um deles avança através dos arbustos na nossa direção.

– Abaixa!

Ela obedece de pronto, e o transformado salta por cima dela direto pra mim. Meus últimos tiros se alojam no peito dele, mas não o neutralizam por completo. No segundo seguinte, os dentes dele estão cravados no meu braço.

– Angela... *Corre*!

Ela se recusa a princípio, mas inicia a corrida tão logo outros deles se aproximam de nós. Debato-me com o maldito tentando me devorar, mas os dentes dele escavam o interior da minha carne até o osso, e vamos ao chão.

Já tenho os olhos turvos de sangue quando a vejo subir em uma árvore. Os dentes de outro deles se enfiam em meu pescoço. Angela grita por mim, mas não há mais nada que eu consiga fazer ou dizer agora.

Um deles a agarra pela perna, e eu a vejo franzir o rosto com um grito de dor.

Com um último esforço, Angela se segura com firmeza ao galho da árvore e aponta a arma na minha direção. Eu fecho os olhos, agradecido: eu sei o que ela vai fazer, porque eu mesmo pedi que fizesse, quando não houvesse mais nenhuma opção.

Ela só vai ter mais uma bala depois disso, e eu sei como vai usá-la.

Um segundo antes do tiro me atingir, eu vejo a torre da igreja da cidade onde nasci e cresci; o lugar onde eu fui pra morrer, o lugar onde o meu anjo triste me encontrou.

E atiro de lá uma prece de agradecimento, por ter escolhido uma vida ao lado dela antes de finalmente ser obrigado a encontrar a morte.

Para você, com amor

Allana Dilene

Não sei se esses escritos vão chegar a você, ou a alguém além dos Azuis. Na verdade, eu sei que nada vai deixar esse prédio, mas... Preciso ter esperança.

Talvez essa seja a intenção deles ao me deixar com um caderno surrado e esse pedaço de lápis – fazer com que eu acredite que posso sair daqui, me torturar com a esperança, me fazer acreditar que posso mais uma vez... Mas sei que não. E sei também que você dificilmente leria algo com mais de dois parágrafos.

Acho que, no fundo, pensar em você ajuda a passar o tempo.

Tinha desistido de tentar contar as horas. Sabia que era o começo de tudo: deixar o prisioneiro desorientado, pensando quanto tempo poderia ter se passado. Outros prisioneiros entraram, saíram, e ele continuava ali, na cela minúscula, dormindo como podia, privado de água e comida. No íntimo, sabia como tudo ia terminar, certeza que o consumia lentamente. Não importava o treinamento, não importava o quanto tentasse. Era... inexorável.

Ele iria traí-la. E o pior era a certeza de que, onde quer que ela estivesse, tinha consciência disso também.

Barulho de passos se aproximando pelo corredor. A escuridão foi quebrada por um forte facho de luz que o cegou por longos segundos. A porta se abriu com um rangido metálico alto, e logo braços fortes levantaram-no do banco decrépito onde estava sentado. Soldados de porte semelhante ao seu, vestidos em fardas de um azul-marinho imaculado, agarraram-no. Sem palavras, foi arrastado para o corredor.

Ed conhecia a rotina: alimento duas vezes no dia, provavelmente manhã e noite. Foi o que usou para se orientar naquele buraco subterrâneo, pelos prováveis três dias em que estava ali. Os rebeldes queriam mantê-lo vivo para entregar os segredos militares do Governo, ou esse era o motivo que parecia mais razoável.

"Azar o deles", pensou enquanto andava pelo corredor parcamente iluminado por tochas e cheirando a óleo de cozinha, as mãos presas atrás das costas. Não sabia de nada mesmo.

Duas pessoas o acompanhavam, uma delas um homem. Além da estrutura corpórea grandalhona e um tanto desajeitada, ele deixava o rosto à mostra, exibindo, com o que parecia ser uma pitada de orgulho, uma espécie de pintura de guerra. Aqueles que derrotaram seu grupo de reconhecimento exibiam padrões parecidos, sempre em tons de cinza e preto. Além de camuflá-los nas ruínas das grandes cidades, indicavam suas funções e sua posição na hierarquia da Rebelião.

A outra figura permanecia uma incógnita. O rosto encoberto por uma máscara de gás muito velha não dava nenhum indício de quem seria seu captor.

Máscaras como aquela eram muito comuns, mesmo entre os soldados do Governo, os Azuis. A imensa quantidade de poluentes no ar causava problemas respiratórios na maioria das pessoas – cortesia dos diversos anos de guerra contra a Rebelião. Ed sabia, porém, que as máscaras não eram necessárias nos Complexos. Quem quer que fosse, queria esconder o rosto.

Seguiram em silêncio pelos corredores apertados e labirínticos. Embora conseguisse lembrar o caminho de volta para a cela se precisasse, Ed sabia que se perderia nos túneis que mais pareciam caminhos de rato. Com pouca gentileza, foi levado para uma sala bem iluminada por lamparinas a óleo e sentado numa cadeira simples de metal. Diante de si, uma mesa também de metal e uma cadeira vazia. O mascarado acenou para o acompanhante – que saiu da sala a contragosto –, sentou-se e, sem-cerimônia, despiu-se do acessório inconveniente.

Ela não era bonita, e essa foi a impressão que Ed manteve por muitos e muitos dias depois daquele. Era jovem, mas algumas marcas no rosto e profundas olheiras indicavam bons anos de luta e sofrimento. O rosto era cortado por uma cicatriz que vinha da testa ao lado esquerdo, passando pelo nariz torto rente ao olho. Tinha o cabelo muito cacheado e curto, chegando a uma altura pouco abaixo do pescoço. Recostando-se na cadeira, deu de ombros, e era como se sua presença ocupasse todo o espaço vazio da sala.

– Meu nome é Kei, soldado. E o seu?

Em um primeiro momento, não quis responder. Mas uma remexida na cadeira o lembrou de todas as dores no corpo, presentes de boas-vindas da Rebelião. Suspirou irritado e se limitou a dizer:

– Ed.

– Muito bem, Ed – ela disse, e sorriu. Era um sorriso afiado, rápido, quase maligno. – Bem-vindo ao Complexo Inferno.

Enquanto caminhava pelas salas intermináveis da base militar, guiado pelos guardas truculentos, Ed tentava manter-se impassível. A verdade é que se sentia miserável. Agarrava-se a momentos que o tornavam um indivíduo, alguém à parte do grande organismo do Governo. Um resquício de dignidade, talvez.

Uma porta de ferro maciço se abriu ruidosa, dando vazão a uma luz ofuscante. Não demoraria agora.

Areia, restos de asfalto escaldantes sob seu corpo. O sol a pino e o pesado equipamento militar não ajudavam na caminhada. Mas ele estava acostumado, e, mais importante, era treinado para isso. O Governo o alistara desde cedo; não lembrava exatamente quando, mas ainda era capaz de contar a idade nos dedos das mãos. Ruínas do que havia sido uma grande cidade tornavam-se um verdadeiro emaranhado de becos e acessos para a rede de túneis subterrâneos. Era um lugar perfeito para emboscadas.

Os temores de Ed tornaram-se realidade mais breve do que gostaria. Primeiro, veio a explosão ensurdecedora, que serviu para abafar o grito do batedor que pisou em uma mina de pressão. E então vieram os tiros. Como ratos se eriçando com a promessa de comida, eles se aproximaram, e, ocultos sob a poeira levantada e os restos de construção, atacaram. Atiravam, escondiam-se, e com uma eficiência assombrosa, foram derrubando os membros do seu grupo. Ed arrastou-se para uma reentrância entre dois pilares, e de lá passou um sinal para a base. Estava certo de que não sobreviveria, mas entregou sua posição para quem quer que estivesse monitorando-os.

Os tiros, gritos e imprecações pararam, e então ele percebeu o rastro de sangue que deixara pelo chão sujo. Sob a poeira que começava a se desfazer, eles vieram em seu encalço. Como ele, usavam máscaras respiratórias, embora em um péssimo estado. Os uniformes pareciam retalhos mal costurados de pilhagens. Ed não pensou duas vezes: morreria lutando contra a Rebelião. Era um soldado, afinal.

Algo na sua postura deve ter entregado suas intenções. Mal puxou o gatilho, sentiu fortes impactos na altura do peito e do estômago, que não o perfuraram, mas tiraram-lhe o ar. Caiu inconsciente.

A rotina no Complexo Inferno era, na melhor das palavras, tediosa. Ed contava e recontava a quantidade de rachaduras no concreto da sua cela, e esse número aumentava em alguns dos dias. As sessões não eram bem interrogatórios, mas muitas vezes conversas sobre os hábitos e rotinas dos grupos de reconhecimento. Ed sabia que o Governo preparava um ataque maciço à Rebelião, mas o fato é que ninguém tinha detalhes. Quando, onde, nada. O caráter espalhado do movimento era um pesadelo estratégico, e o grupo sempre evitava conflitos diretos.

A Rebelião, conforme aprendera nos inúmeros treinamentos das bases Azuis, era formada por cidadãos revoltosos: refugiados das grandes cidades de antes, fugitivos dos conglomerados de hoje, desertores do exército ou soldados capturados “convertidos”. Esses últimos eram os mais perigosos, por isso os soldados eram mantidos no escuro a maior parte do tempo. Sabiam apenas o que seria estritamente necessário à missão, nada mais. Se fossem pegos, não teriam o que revelar. A perda da experiência militar era um prejuízo, mas novos soldados eram colocados em campo para cobrir essa falta. Ed não se iludia: alimentavam-no e cuidavam dos seus ferimentos com o único propósito de convertê-lo. Coisa que ele estava decidido a não permitir que acontecesse.

Viviam no que chamavam de Complexos. Muito tempo antes, quando uma espécie de guerra envolvendo diversas nações descentralizadas explodiu, túneis foram construídos sob as cidades maiores para permitir que as pessoas se protegessem dos constantes ataques militares. As informações sobre essa época eram confusas – as comunicações foram prejudicadas, e o armazenamento de dados também. A História precisou ser reescrita, e o Governo se encarregou disso, juntando os cacos de registros encontrados.

Foi levado para a sala habitual, e lá estava Kei, sentada com um olhar de quem daria tudo para não estar ali. Não se deu ao trabalho de encará-lo antes de começar a falar no seu tom cotidiano, enquanto tamborilava os dedos na mesa. O mindinho não tinha a última falange. Seria um acidente ou fruto de...

– Alguns dos seus amigos sobreviveram, se isso lhe interessa. Estão sendo medicados, mas não temos muitos recursos aqui, como você deve saber.

– Não são meus amigos – ouviu-se dizer.

Por um breve instante, ela devolveu um sorriso, não o sorriso maligno habitual. Era triste, como o de alguém que constatava um fato óbvio, e que não podia fazer nada a respeito. Logo se recuperou, no entanto, munindo-se da última fala de Ed.

– Não, não são seus amigos. São apenas outros como você, certo? Eles sabiam o que os aguardava, afinal. Não faz diferença pra você, não é, Ed? Como animais num pasto, que eram abatidos e usados como comida. Eles fizeram um bom trabalho em você.

Ela tinha um tom de desprezo no olhar, na boca, e até a cicatriz era exibida como uma espécie de troféu obtido a muito custo. Se Ed tivesse algo para responder, não teria conseguido. Ela continuou, numa correnteza verbal incontrolável.

– Eles fizeram um bom trabalho reproduzindo conceitos em vocês, alardeando a propaganda do Um Governo, de como defendem os interesses de um povo que antes era oprimido e injustiçado. Você nunca parou pra questionar, não é? Se seu Governo é assim tão bondoso e perfeito e absoluto, por que muitos fogem dos seus conglomerados de ar puro para os nossos esgotos? Com certeza não é pelo seguro de vida ou pela pensão pós-morte.

Ela continuou, uma tempestade de ódio, fúria. Cuspia as palavras, batia na mesa. Kei se mostrava tão íntima do que dizia que tudo parecia uma encenação – algo para impressioná-lo e intimidá-lo. Falava da inexistência de liberdades pessoais, das proibições tácitas de contato entre outras pessoas. Não havia leis, mas as pessoas eram levadas a pensar que o Governo era não só a Razão acima de tudo, como também a única coisa que importava. Crianças não conheciam seus pais, o senso de proximidade minado e destruído a tal ponto que, se o Governo ordenasse um suicídio coletivo apregoando-o como a melhor forma de racionamento de recursos, ele aconteceria.

Não, aquelas não eram palavras decoradas. Talvez ela tivesse ouvido outros falarem de maneira semelhante, pois eram as bases da Rebelião. Mas tamanha paixão era impossível de ser ensaiada ou herdada. Kei falava, as narinas dilatadas, o rosto corado, e continuava soltando sua torrente de impropérios. Repetia frases, trincava os dentes, puxava ar para respirar. Então ele entendeu: ela fazia aquilo porque *queria*, porque *podia*. E, durante todas aquelas conversas, por sabe-se lá quantos dias, semanas ou meses, era o que ela queria demonstrar. Kei era ela mesma, quem queria ser. Um indivíduo, como todos os outros no Complexo Inferno. Ed era um produto de fabricação em massa.

Naquele momento, ele percebeu como ela era bonita.

– E você, com esse seu ar superior, já dormiu com alguém? Já sentiu o acalento de dividir uma cama com outra pessoa?

Mais tarde naquele dia, Ed só poderia imaginar sua expressão, pois a oradora na sua frente, que até então vociferava palavras venenosas contra o que o soldado representava, caiu numa gargalhada sem precedentes. E continuou, agora armada do seu sorriso felino.

– Nenhuma mulher, ou homem? Saiba que não temos problemas aqui, soldado. Não nos chamamos de Complexo Inferno à toa.

Ele sorriu, como não se lembrava de ter feito em anos. Ela continuava rindo quando o dispensou de volta à cela.

Dois guardas o olhavam da porta, e outro chegava ao recinto por uma porta do outro lado. Ed viu o próprio reflexo no vidro do tampo da mesa, o rosto muito desgastado, as maçãs saltadas pela subnutrição, a pele negra carregando um tom cinzento por cima. Ele conhecia a rotina, estivera do outro lado daquela sala, e isso não ajudava suas expectativas. Amargava a triste verdade de que não sairia daquele lugar com vida. E se saísse, não seria mais o mesmo.

Um homem aparentando seus cinquenta anos sentou-se à sua frente. Pessoas enrugadas eram raridade naqueles dias. Tinha o rosto austero, e seus óculos de aro discreto davam-lhe quase um ar nobre. As marcas de expressão que se destacavam quando ele começava a falar, em tom professoral, inspiravam confiança, sugerindo alguém com muita experiência.

– Vi, pelos seus registros, que você foi um dos nossos. Dado como morto há dois anos.

Ed limitou-se a ficar calado. Não era como se ele tivesse feito uma pergunta, de qualquer forma. O homem pareceu não se incomodar e continuou:

– Com certeza eles mudaram suas ideias sobre o Governo. Somos A Mão Opressora, ou qualquer coisa assim. Destituímos das pessoas seus próprios pensamentos e vontades, submetendo-as aos interesses do Governo. Correto?

– E você vai dizer que não é assim? Que o Governo faz isso porque as pessoas não têm capacidade de guiar suas próprias vidas? Que precisamos de alguém nos conduzindo, para que assim as coisas caminhem com prosperidade e igualdade?

O homem, cujo uniforme não carregava nenhuma identificação, suspirou, claramente desapontado.

– É o que você acha que eu diria, ex-soldado Ed? A verdade é que o Governo quer o poder para si, e somente para si. Poder pelo poder, e não poder como um meio transitório para se chegar a um objetivo comum e benevolente para as massas. E sabe o que é pior? Qualquer revolução deseja apenas o Poder para si.

Ed não respondeu. Estava faminto, fraco e sequer conseguia organizar seus próprios pensamentos. Poder como um objetivo, então? E o que fazer com ele depois? O homem pareceu ter desistido do sermão didático, cruzou as mãos em cima da mesa e prosseguiu:

– Você tem informações sobre a localização do Complexo I, Ed. E você sabe que vamos consegui-las.

– Não de mim – ouviu-se dizer, a voz fraca em um tom quase debochado. Kei havia sido uma boa professora.

– Eu acho que sim, de você.

Calmamente, o homem dispôs alguns pedaços de papel em cima da mesa fria de vidro. Não importava o quanto estivesse preparado para isso, Ed sentiu seu olhar se trair. Impressas em um papel pardo muito ruim, estavam fotos de uma jovem de cabelos cacheados muito curtos, numa cela não muito diferente da sua. Era Kei.

– Mocinha difícil, se serve de algum consolo. E fomos bem menos benevolentes com ela do que com você.

Sentiu a boca ficar seca, e não era a sede. Os músculos contraíram-se, de maneira quase instintiva, Ed recolheu as pernas, plantando os pés no chão de concreto. Eles não iriam matá-lo, não ainda, não antes que falasse. Com as mãos presas nas costas, agarrou-se à cadeira que estava sentado e levantou-se de súbito, tentando levantá-la. Vislumbrou a cena do móvel de metal atingindo o homem odioso na sua frente, os ossos se partindo sob o peso do seu golpe, mas a cadeira não saiu do lugar. Estava fundida ao concreto.

Um golpe forte na nuca, e a inconsciência.

Algumas boas semanas já haviam se passado, e Ed estava, na melhor das palavras, entediado. Fazia alguns exercícios na cela, para não se sentir fora de forma. Foi com certo prazer que recebeu o guarda que costumava buscá-lo para as conversas com Kei – assim, teria alguém para conversar.

Quem o recebeu, porém, era uma outra pessoa. Cabelos cinzentos pela idade, um homem de um porte quase militar. Vestia-se, como quase todos no Complexo, com roupas velhas e variando em tons do verde desbotado ao cinza. Teria sido um soldado, como ele? Quase riu do próprio pensamento. Já não se via como um Azul, um soldado do Governo, e embora não soubesse se aquilo era bom ou ruim, gostava da sensação.

– Acho que não tivemos o prazer de nos conhecermos antes – o homem o olhava por trás de óculos grossos e escuros. – Leo. Eu sou o... sujeito da administração, de certa forma.

– Onde está a... moça? Kei?

– Bem, eu lamento desapontá-lo, mas ela não está disponível hoje. Saiu em missão, tem alguns dias.

– Algo deu errado?

Leo o olhou por cima dos óculos, mas não carregava desdém na expressão. Olhava-o com uma espécie de surpresa, e algo a mais que Ed não conseguiu identificar. Era um olhar atento, inquisidor.

– Se tivesse algo errado, você ajudaria?

Antes que percebesse o que estava fazendo, conferiu o equipamento: o rifle preso na bandoleira, as duas pistolas seguras por coldres laterais, a munição extra. Não carregaria explosivos, mas os quatro que o acompanhavam levariam granadas, em último caso. Precisavam agir rápido, desmantelando a formação de Azuis e permitindo o acesso do resgate, que chegaria pouco depois. “É um bom plano”, Ed dizia para si mesmo, tentando se convencer.

Conforme se aproximavam, ouvia disparos. Era um bom sinal – o combate ainda estava acontecendo. Sinalizou para os outros se posicionarem espalhando-se pela área. Precisavam parecer que vinham em número muito maior. Com os olhos, procurou uma boa posição. Correndo agachado, escondeu-se atrás de uma grande pilha de entulho, que poderia ter sido uma casa um dia, e observou a situação.

Três Azuis disparavam para dentro de um prédio com uma dezena de andares, correndo para dentro do lugar. Sons de tiros vinham de outras direções – os rebeldes, ao notarem a emboscada, devem ter se espalhado, pensando que assim teriam mais chances de fugir. Ed torceu para que os outros conseguissem dar conta, e todos saíssem de lá vivos. Onde tinha aprendido a valorizar tanto a própria vida? Contou alguns segundos e correu para o prédio.

Foi recebido com uma escuridão poeirenta. O lugar exalava abandono. Ouviu passos fortes vindos de cima, e um fosso de elevador vazio indicou que teria que usar as escadas. Subiu o primeiro lance e, recostado à parede descascada, Ed vislumbrou os pés de um outro soldado.

Engatilhou a arma e atirou, derrubando o primeiro, que devia estar lá para oferecer uma espécie de retaguarda. Ouviu mais disparos vindos dos andares superiores e seguiu correndo. Discrição, àquela altura, não tinha nenhuma serventia.

Agachou-se a tempo de evitar ser atingido no rosto, mas sentiu uma pontada forte no ombro, rasgando alguma coisa. Conseguiu devolver o ataque rapidamente, dessa vez mirando na altura do peito, onde sabia que o uniforme tinha alguma proteção. O azul caiu inconsciente, ao menos foi o que lhe pareceu, embora não tivesse tido tempo de checar suas condições.

Ignorou a dor no ombro e prosseguiu. Ouviu o som de algo se partindo sob o peso de alguém e subiu mais andares, quase perdendo a conta. Desembocou em um corredor de várias portas, provavelmente algum tipo de habitação civil. Começou a procurar entre os cômodos de tetos parcialmente destruídos, mas logo o problema veio até ele.

– Largue as armas! – gritou um Azul, que arrastava uma refém consigo. Esperneando, deixando um rastro de sangue, estava Kei. – Largue ou eu-

– Já entendi! – gritou de volta, passando o rifle pelo ombro e levantando a outra mão. – Ou você vai matá-la, já entendi. Não precisamos ficar nervosos aqui, não é?

Ed havia pousado a arma no chão e retirava a primeira pistola do coldre. Enquanto gritava ordens, o soldado caminhava em direção à escada. Não parecia ferido, mas a moça certamente estava. Ed não podia arriscar atirar – não tinha um tiro limpo, e facilmente o homem poderia jogá-la na frente do disparo. Sorte sua que não precisou pensar muito: aproveitando-se da distração momentânea do soldado, Kei levantou a cabeça com força, atingindo em cheio o queixo do Azul.

O homem a largou no chão, soltando imprecações. Aquela era a janela que Ed precisava. Terminou de sacar a pistola e saltou na direção do soldado. Usou a coronha da arma para terminar de nocautear o homem, que caiu pesadamente no chão empoeirado.

– Mas que bela porcaria você aqui, hein? – Kei praguejou entre os dentes, tentando se recompor.

– Como assim? Eu vim – viemos aqui salvar vocês!

– Obrigada por me apontar o óbvio, eu não teria percebido! – ela vociferou, arrastando a perna. – Precisava ser justamente *você?*

– Vou sair do seu caminho da próxima vez – ele respondeu, não conseguindo disfarçar um sorriso.

– É bom mesmo – ela cuspiu as palavras, mas logo sorriu da ironia. A Rebelião precisava de ajuda, e ela não seria orgulhosa de negá-la, não importando de onde viesse.

Seguiram de volta para o Complexo sem trocar mais palavras. Uma jovem sardenta cuidava dos feridos no caminho e os enchia de perguntas, e Ed seguia calado. Era um traidor do Governo, um ex-Azul. Não tinha muito tempo de vida a mais. Mas pela primeira vez, sentiu que fazia alguma coisa porque queria.

Como esperava, foi tratado e encaminhado à cela. Certamente haveria outros testes. Eles precisavam saber em quem confiar, afinal. Esticou-se na cama simples e recomeçou o trabalho de contagem de rachaduras quando a porta se abriu não com o clangor metálico costumeiro, mas apenas rangendo. Sentou-se alarmado, mas logo sentiu uma mão firme no ombro, seguido por um "shhh" sussurrado. Era Kei, e tão logo ele ensaiou alguma reação, ela o beijou.

Naquela noite, ele soube o que era partilhar a cama com alguém.

– Você já fez isso antes, não é?

Ela levantou uma sobrancelha, fazendo uma pergunta sem exatamente pronunciá-la. Entre os dois, em cima da mesa, um rifle desmontado e um pano sujo. Kei limpava as peças com esmero, mas o fazia com gestos mecânicos, de quem tinha aquilo por hábito, como escovar os dentes.

– Isso, o que você fez comigo. Aquele discurso, aquela conversa, e... nós dois. Você já fez isso antes, não?

– Você quer saber se eu já tinha me deitado com alguém antes?

– Não só isso. Tudo.

Ela jogou os ombros para trás, recostando-se na cadeira. Deixou o pano imundo cair no chão de forma displicente, pareceu pensar um pouco e começou:

– Sim, eu já trouxe outros como você à causa. Consegui convencer, homens e mulheres, de que é possível experimentar ser... você mesmo, de vez em quando. Ou se inventar, se você nunca foi alguém antes. Mas você foi... diferente.

– Que bom, eu acho.

– Todo mundo tenta ser uma versão melhorada de si mesmo. Um herói frustrado, uma grande estrategista militar, ou às vezes um super-técnico de comunicações. E quem sou eu para dizer que estão errados, Ed? – fez uma pausa, parecendo articular seus argumentos. A voz era calma, macia. Ed sabia que ela falava a verdade. – Todos viemos de uma realidade dura, e fantasiar um pouco sobre si mesmo não é pecado. Mas você... você saiu... endurecido, cínico, prático. Como eu.

– Eu não vou fingir que entendi essa conversa. É um tipo controverso de sentimento maternal?

– Se isso faz você se sentir melhor, pode pensar assim. Mas não é maternidade, eu não me daria ao luxo. Você se fez, e parece ter se baseado em mim pra isso. Chame de orgulho desnecessário – ela riu, levantou-se e foi até ele, beijando-o com um carinho atípico.

– Em algum momento, você vai me trair. Não se iluda.

Ele a olhou sob as sobrancelhas grossas, inquirindo-a. Kei se levantava, vestindo a camiseta cinza de maneira displicente. Ela não falava com raiva, mas, como fizera meses atrás, tinha um tom de quem atestava que o céu era cinzento. Era uma certeza absoluta e tristonha. Respondendo à questão implícita, ela suspirou e continuou:

– Isso não vai pra frente. A Rebelião. Isso não vai pra lugar nenhum, todos nós sabemos disso de alguma forma. É bem possível que essa situação prossiga por anos e anos, séculos talvez, mas ninguém vai derrubar o Governo. E quando eles pegarem você, você vai me trair.

Ed olhou-a longamente, tentando decifrá-la. Já não pensava em "futuro" quando trabalhava para o Governo, mas quando se aliou aos rebeldes a ideia lhe parecia ainda mais distante. Imaginava que morreria numa missão qualquer, que seu nome seria esquecido, e ele seria poeira na história. Mas havia Kei, e o que ela esperava dele?

– Eu não estou entendendo muito bem. Você fala de tortura? Todo mundo confessa tudo sob tortura, até o que não fez.

– Saberemos quando a hora chegar. – Ed sabia que ela não explicaria mais.

– E quando você for pega?

Ela deu de ombros, e com aquele gesto parecia se apoderar da sala.

– Eu vou trair você.

E se beijaram.

"Você vai me trair", e o olhar resignado.

Desorientado no tempo, não tinha forças sequer para pensar. Olhava o diário e se forçava a escrever como se o gesto o fizesse voltar a ser ele mesmo, ainda que por instantes. Na sua cabeça, a frase martelava, e no papel, elas se repetiam, com uma letra irregular, quase ilegível.

Ed achava que havia entendido da primeira vez, mas estava enganado. A traição não seria entregar-se, ou delatar a Rebelião. Eles, os Azuis, sabiam de tudo, não precisavam de confissões obtidas por maus-tratos. Não tardou a admitir seus atos, nem os crimes que cometera no tempo em que estava com a Rebelião, mas mantinha o pensamento nela, uma espécie de esperança tola de que Kei ficaria bem, de que a estava protegendo.

Então, eles o levaram. A habitual sala escura, as amarras, os barulhos indistintos dos diversos instrumentos. Eles vieram, e ele confessou, e implorou que parassem. Uma, duas, três vezes. Quando acreditou que a inconsciência o abençoaria, a voz professoral do homem de óculos o chamou de volta.

– Isso pode parar, ex-soldado. Depende apenas de você.

– E o que querem de mim? – repetia, a voz débil dando lugar a um grito. – *O que querem de mim?!*

– Nós podemos fazer tudo isso a ela. Fazê-la sofrer em seu lugar.

Só então Ed entendeu. E imaginou quando, ou se, ela teria ouvido a mesma proposta. Se teria aceitado, se parte do seu tormento teria sido culpa dela, se o homem mentia. Encarou-o o mais seriamente que pode, e sabia que ele falava a verdade.

"Eu vou trair você", ouviu-a dizer, a voz ecoando. E concordou. Seu fim não tardaria, e ele se sentia feliz com isso.

Amanhã eles vão me arrastar daqui e me levar para a praça, e me usar como exemplo para os outros. Talvez eu veja você por lá, uma última vez, embora não saiba dizer se é isso o que eu quero. Os Azuis vão pegar esse caderno velho e fazer sei lá o quê. Queimar, destruir, ou simplesmente guardá-lo em uma gaveta enferrujada. Gostaria de pensar que você o leria, mas sei que é ingenuidade. Quase consigo ouvir sua risada cínica, dizendo que isso não passa de estupidez.

E talvez seja, mas ao menos é a minha estupidez.

Com amor, Ed.

Sandarach

Christiane Salles

Uma bala. É tudo o que resta no fundo do bolso de minha jaqueta jeans. A pouca munição me diz que não posso errar, não se eu quiser sobreviver. Então ponho apenas um joelho no chão, apoiando-me com os cotovelos sobre a borda da mesa de bilhar, e pressiono o cabo da arma contra meu ombro, mirando seu cano frio em direção à porta aberta do estabelecimento. Escopetas decididamente não foram feitas para garotas, mas eu não tenho escolha. Principalmente quando, entre matar ou morrer, a última opção é a mais provável.

Sei que ele me viu. Que está lá fora me caçando, em meio à noite amortalhada que cai pouco a pouco sobre as ruínas da cidade. Mas, em lugar do confronto direto, fico à espera, na minha pequena emboscada.

O bar onde me abrigo se encontra vazio, mergulhado num caos de cadeiras derrubadas e cacos de vidro espalhados pelo chão, provavelmente vestígios de um recente saque. Ao menos a escopeta não havia sido alvo dos ladrões, graças ao esconderijo secreto que seu possível dono planejara: um buraco sob o assoalho, camuflado por engradados de bebida. E ali teria ficado sepultada mais um par de décadas se não fosse por minha aptidão em farejar coisas valiosas mesmo nos confins mais improváveis. Paciência, no entanto, nunca foi uma de minhas melhores virtudes.

Enquanto os segundos correm, fico tentada a ir até a porta do estabelecimento para ter alguma noção do que se passa lá fora, mas forço meus olhos e ouvidos a continuarem firmes, concentrados na missão de extermínio.

Ao longe, ouço passos ressoarem no vazio da noite e avançarem rápido pela calçada. A iminência do ataque deflagra um jorro de adrenalina em meu corpo, impulsionando meu coração a um compasso de batimentos arrítmicos. *É agora*, penso. *É agora*! Conforme acompanho o som dos passos aumentarem, me preparo para o impacto entre mim e o cabo da arma, certa de que minha tão aguardada vítima se aproxima, e só então coloco meu olho direito no visor da escopeta.

Quando a sombra se enquadra na moldura da porta, sei que tenho poucos segundos para agir.

– Agora, Ninny! – grita Devon, por trás de sua máscara de gás, mergulhando sobre o chão repleto de cacos de vidro.

Logo atrás dele, vejo que a massa peluda já está saltando sobre suas costas em uma investida fulminante. Sem hesitar, aperto o gatilho, liberando a bala num estampido seco. Na mesma hora sou impulsionada para trás, como se um coice acertasse meu ombro, e faço força para manter-me ereta diante da pequena nuvem pálida levantada pela pólvora da munição. A bala acerta o animal ainda no ar. Ele tomba, aos guinchos, arranhando suas garras recurvas no assoalho; mas isso não é suficiente para liquidá-lo.

Mais do que rápido, deslizo a telha da escopeta para descarregá-la. Um clique metálico e a cápsula pula para fora. Com urgência, tateio o bolso da jaqueta em busca da última bala que me resta – e em seguida, como quem coloca pilhas numa lanterna, enfio o projétil na pequena abertura lateral da escopeta, engatilhando-a com outro clique.

Mesmo ferido, o lobo ainda cobre uns bons metros até onde Devon está e reinicia o ataque. Arrastando-se sobre os cotovelos, Devon ainda tenta recuar, enquanto revida às investidas do lobo e o golpeia na cabeça com uma série de chutes. Mas isso não conseguirá detê-lo por muito tempo.

Decidida, miro na direção dos dois, procurando o melhor momento para disparar de forma eficiente meu último tiro. Porém não consigo acompanhar os movimentos do lobo na escuridão e temo que acabe acertando Devon em seu lugar.

– Ele não para quieto! – berro.

– Então me dá a arma! – grita Devon, estendendo seu braço em minha direção.

Lanço-a para ele, que coloca o cano da escopeta a apenas alguns centímetros de distância do focinho do animal e, na sequência, dispara o tiro de misericórdia.

Dessa vez o crânio do lobo se esfacela em minúsculos pedaços, e os grunhidos cessam. Após se levantar, Devon ainda o cutuca com o pé, apenas para checar se o trabalho havia sido bem-feito. Com a falta de reação, dá-se por convencido.

– Para quem atirou poucas vezes você deu um ótimo tiro – elogia ele, ainda ofegante, sacudindo os estilhaços de vidro agarrados ao seu casaco.

Agora, sem a adrenalina inundando minhas veias, sinto minhas pernas amolecerem e me escoro na mesa de bilhar. Nunca antes havíamos passado por uma situação limite desse tipo com as mutações. Se Devon não tivesse exterminado a matilha, levando-os a cair do viaduto em ruínas, e se eu não houvesse encontrado a escopeta no bar para liquidar o último lobo que restara, provavelmente a esta hora ambos estaríamos mortos.

– Você está legal? – Devon vem até mim, ao jogar a escopeta no chão. Mesmo com suas feições ocultas pela máscara, sinto pelo tom de sua voz que está preocupado.

Tento me forçar a dizer que não há problema algum, que podemos prosseguir com o plano, mas a verdade é que não consigo pronunciar uma única palavra. Estou em pânico, ainda aturdida pela imagem mental que faço de nossos corpos destroçados. Uma onda de náusea revira meu estômago, auxiliada pelo cheiro ferruginoso de sangue que se desprende do lobo. A máscara de gás que uso começa a pesar em meu rosto como se fosse chumbo. Tento retirá-la, num ato impensado, angustiada pela falta de ar, mas Devon me impede, travando o movimento de meus membros em um abraço apertado.

– Calma, Ninny. Já passou... Já passou... – ele sussurra em meu ouvido. A curta mangueira extensora do filtro de sua máscara de gás, lembrando uma tromba de elefante, se encontra entre nós desconfortavelmente, mas o calor irradiado pelo corpo de Devon vale o incômodo. Mesmo a ideia de morrer de forma tão dolorosa não era pior do que a de perdê-lo.

Um revés irônico do destino, levando em consideração que os termos para o estabelecimento de nosso pacto de proteção mútua era que não nos tornássemos amigos. Paixão, por sua vez, era outro ponto a ser devidamente evitado. “Os sentimentos só nos tornam irracionais e vulneráveis" foi o argumento de Devon na época.

De fato, a princípio não me importei com as condições, pois achava impensável nutrir qualquer emoção por alguém cujos traços viviam escondidos atrás de uma máscara. Mas as noites frias de inverno vieram, e com elas a necessidade de dormimos colados um ao outro na tentativa de não morrermos congelados. Não demorou muito para que nossa parceria se tornasse algo maior, beirando as arestas da amizade. No entanto, só quando fomos emboscados pelos capangas do mercenário Mandelbrot – quando Devon se jogou na minha frente para receber o tiro em meu lugar – que me dei finalmente conta de que era tarde demais. Eu já estava completamente apaixonada por um garoto cujo rosto desconhecia.

Conforme minha respiração se torna mais regular, os braços de Devon se afrouxam ao meu redor. Gemo, querendo continuar envolvida por seu calor, quando um clarão acerta nossas máscaras. Instintivamente erguemos as mãos na tentativa de proteger nossos olhos da luminosidade ofuscante. O clarão então se volta para o assoalho, onde começa a varrer o chão de um lado para o outro, revelando o caos de cacos de vidros e manchas de sangue sob sua superfície.

– Uau! Andaram se divertindo por aqui – dispara uma voz feminina, abafada pela máscara de gás. Imediatamente a reconheço: pertence a Sabba, uma das capangas de Mandelbrot, o mercenário a quem servimos em troca de abrigo e comida. Mas engana-se quem pensa se tratar de uma questão de favores. Enquanto ele fica entocado no bunker – um abrigo subterrâneo a leste da cidade – somos nós que saímos em meio à destruição, sob o jugo das armas de seus capangas, coletando objetos que de alguma forma possam ter valia para os mercadores mercenários de Ítaca, a cidade vizinha.

Mas nossa sina está prestes a mudar. E Sabba terá sua participação nisso, graças à fraqueza de seu senso de lealdade e à constante irritação com os poucos privilégios que tem como braço armado de Mandelbrot. Por mais que não confiemos inteiramente nela, o fato de ser a única de nós a saber dirigir a torna parte importante do plano.

– Quase fomos devorados por uma alcateia – diz Devon. – Pelo visto a escassez de comida já alcançou os animais selvagens. Não demorará muito para que eles estejam competindo conosco pelas ruínas da cidade.

– Mais um motivo para darmos o fora daqui – ela retruca, apoiando a bandoleira de seu velho rifle no ombro esquerdo.

Fico eufórica só de pensar na possibilidade de me livrar para sempre das máscaras de gás e, principalmente, do arsênio altamente tóxico que polui a atmosfera.

– E o veículo? – Devon pergunta a Sabba. – Progresso?

– Na verdade, já está pronto para andar, mas precisa de combustível – confessa ela. O que não é uma notícia animadora. Consertar o ônibus escolar que achamos vem sendo uma missão árdua devido à falta de peças para serem substituídas. Mas pelo menos temos o know-how mecânico de Sabba e seu brilhantismo em adaptar peças de outros automóveis. A questão do óleo diesel, no entanto, sempre foi um patamar superior de dificuldade, já que todos os reservatórios dos postos de gasolina em nossa região estão secos, graças aos frequentes saques de outros grupos de mercenários. O veículo pode não ser essencial ao plano, mas sem ele retardaríamos em oito ou nove dias a chegada ao destino pretendido, dando margem a que capangas de Mandelbrot possam encontrar nosso rastro.

– Acha melhor nós desi.. – começa Sabba, mas Devon a interrompe bruscamente.

– Não! Vai ser hoje! – Sua voz soa firme, através da máscara de gás.

– Ok. Ok. Você é quem sabe... – Ela ergue as mãos em tom conciliatório. – E aí, como foi a pilhagem nesse bloco?

Pego a mochila em minhas costas e abro seu zíper para que ela veja o conteúdo. Sabba ilumina seu interior com a precária luz da lanterna e sacode a cabeça.

– Não vão conseguir alcançar a cota diária com esse bando de porcarias – afirma ela. Devon dá de ombros, mas Sabba está certa. Para cumprirmos a cota estabelecida por Mandelbrot, é preciso que levemos pelo menos quatro coisas valiosas por dia para ele. Geralmente máscaras de gás, água potável, cilindros de oxigênio e gasolina. Esta última é importante, tanto como valor de troca quanto para o funcionamento dos geradores de energia do bunker.

– Essa será a última noite que ele nos deixará sem comida por punição – garante Devon.

– Isso significa... que o plano também inclui matar Mandelbrot? – insinua Sabba.

– Se ele me obrigar...

– E você está torcendo para que ele faça isso, não está?

Por um momento Devon emudece, parecendo pesar as últimas palavras de Sabba, mas não é preciso que ele diga mais nada. Ao contrário das mentiras que saem aos borbotões quando se busca influenciar alguém, a verdade muitas vezes se esconde no silêncio.

Conforme a noite avança, as ruas vão ficando completamente escuras, nos fazendo ter de confiar apenas no pequeno feixe de luz da lanterna de Sabba. Quando a eletricidade correu por aqueles postes pela última vez, a cidade ainda era uma metrópole imponente e pulsante. Agora se resume a um monte de construções em ruínas e uma seara de capim baixo e carros depenados. Fantasmas de uma era de prosperidade que atualmente servem apenas como obstáculos pelo caminho.

Em meio à penumbra que nos engole, Devon me guia pela mão, fazendo um leve afago sobre minha luva com seu polegar. Embora eu deseje que ele finalmente esteja correspondendo aos meus sentimentos, sei que sua atitude é apenas uma preocupação com meus nervos. Atravessar a cidade no escuro sempre foi a parte mais crítica das explorações. E não é para menos. Armadilhas nos esperam a cada esquina, fachadas de edifícios que se despedaçam em chuvas de concreto sobre nossas cabeças ou crateras abertas em meio ao asfalto, devido ao colapso das galerias pluviais subterrâneas. Um deslize de atenção e estaremos mortos.

Apesar de ser inverno, a caminhada faz o suor se acumular sobre a parte superior de meu lábio. Quero limpá-lo, mas retirar a máscara e respirar o ar daqui impregnado de arsênio não seria nada recomendado. A região onde vivemos, *Sandarach*, é conhecida por ter o maior acúmulo desse gás no planeta. Nem sempre foi assim, claro. Mas a evolução é implacável, e bastou que uma única bactéria começasse a sintetizar o arsênio e devolvê-lo à atmosfera para que a praga se alastrasse pelo mundo, envenenando o ar.

Após milhões de mortes, vários animais e plantas se

adaptaram, modificando-se e criando formas de metabolizar o arsênio, mas nós não os acompanhamos. Estaríamos condenados eternamente às máscaras contra gás e a uma provável extinção se cientistas não tivessem desenvolvido as "cidades-redoma", grandes extensões territoriais protegidas por cúpulas de vidro onde o arsênio é filtrado e o oxigênio impera novamente. Mas até mesmo a salvação tem seu preço, e, para poder viver em um dessas cidades, é preciso desembolsar certa quantia em troca. O nosso menor problema, graças ao meu faro ter encontrado um cofre cheio de joias em uma mansão abandonada. A grande questão ainda é como conseguir o óleo diesel para o ônibus e chegar a Ocampo, a cidade-redoma mais próxima daqui, sem sermos atacados por ladrões de estrada.

Mas segundo Devon, ao menos a primeira parte do plano está sob controle. Então é apenas esperar para ver.

Assim que deixamos os limites da cidade, finalmente avistamos a entrada do bunker. Uma estrutura convexa, semelhante a um iglu, erguendo-se discretamente no sopé de uma das montanhas que ladeiam as ruínas.

Como combinado, Sabba empunha novamente o rifle, assumindo sua posição de capanga, e começa a nos cutucar teatralmente para dentro do bunker. No primeiro nível, a passagem pela câmara de descontaminação de arsênio é rápida, mas necessária. Depois, já sem a ameaça de intoxicação, saímos dela e entramos no elevador que nos leva vários metros abaixo em direção ao coração do complexo.

Devon finalmente retira sua máscara e nós o imitamos. Ele respira fundo, aproveitando a dádiva que é ter oxigênio limpo nos pulmões, e sorri para mim. Coro, e é a única vez que me arrependo por não poder contar com a proteção da máscara de gás para ocultar minhas emoções, mas não desvio o olhar de seu rosto. Por meses eu havia imaginado como ele seria. Deduzira o formato de seu nariz e a cor de seus olhos baseando-me apenas no pequeno trecho de pele que ficava à mostra quando ele levantava a máscara durante nossas refeições. Até que fomos escravizados por Mandelbrot e eu pude finalmente ver seu rosto por completo, surpreendendo-me com os traços bem-feitos, os olhos e os cabelos escuros como carvão. Uma visão que eu teria todos os dias, sem restrições, se nosso plano de chegar à cidade-redoma de Ocampo fosse bem-sucedido.

Quando o elevador abre suas portas, somos jogados no hall

do bunker repleto de galões amontoados de gasolina e obrigados a deixar nossas máscaras em uma caixa de madeira. Nela repousam várias outras, daqueles que já regressaram. Moldado no melhor estilo de proteção militar dos tempos antigos, a parte subterrânea do bunker consiste em um grande círculo central, no qual estamos, cercado por um corredor largo, revestido de concreto armado. Ligados a ele há vários corredores menores, que se espraiam na terra como tentáculos – fazendo o complexo parecer um enorme polvo – e terminam em pequenas câmaras usadas para os mais diferentes propósitos, desde acomodações a depósitos das mercadorias encontradas.

Nos aposentos de Mandelbrot, depois de passar por vários capangas armados, nos deparamos com um bando de adolescentes raquíticos e malnutridos, que esperam sua vez de mostrar ao "chefe" o resultado de um dia inteiro de garimpo. São todos órfãos, como eu, e segundo Devon não poderíamos deixá-los fora do plano.

Quando chega nossa vez, Devon e eu entramos na sala de Mandelbrot e despejamos o conteúdo de nossas mochilas sobre a mesa. Em sua poltrona de couro desgastado, Mandelbrot sorri revelando uma fileira de dentes podres. Depois se levanta com dificuldade, devido a seu elevado peso. Sob o brilho fraco e oscilante das luzes fluorescentes, sua careca cheia de verrugas parece ainda mais pálida em contraste com a negritude necrosada de suas mãos. Uma existência deformada e repulsiva, resultante de anos de exposição a pequenas quantidades de arsênio.

Ao olhar para o conteúdo espalhado sobre a mesa, o saldo da pilhagem obviamente não lhe agrada.

– Tem alguma ideia de como compensar esse bando de porcarias inúteis, gracinha?

Ele estende sua mão nojenta em direção a meu rosto, mas Devon a detém ainda no ar.

– Não. Ouse. Tocar. Nela – ele dispara entre dentes.

Atrás de nós, ouço cliques de armas sendo engatilhadas. Ao me virar vejo que os dois capangas, além de Sabba, estão com os rifles apontados para a cabeça de Devon, à espera de uma ordem de Mandelbrot. Mas o velho dá apenas um meio-sorriso.

– Mais demonstrações de valentia, garoto? – zomba. – A lição da semana não foi suficiente?

Em reação a lembrança, o corpo de Devon enrijece. Poucos de nós já visitamos o *quarto do arrependimento*, como Mandelbrot chama sua sala de tortura, mas apenas pelos gritos excruciantes de dor sabemos os horrores passados pelos que *saíram da linha*. Como Devon, quando discutiu com Mandelbrot sobre a quantidade ínfima de água que nos é dada diariamente.

– Ou... quem sabe eu não deva lhe dar outra lição para você aprender? – insinua o velho, começando a recolher o braço. Surpreendendo-nos, ele se liberta e, invertendo os papéis, puxa a mão direita de Devon em direção à mesa, onde a apoia para golpeá-la com a faca de estimação que retirou da bainha.

Apesar da intensidade do golpe, a ponta da lâmina apenas se crava na madeira da mesa, entre os dedos de Devon.

– Você tem muita sorte, garoto – rosna Mandelbrot, ao desencravar a faca. – E dê graças a Deus que estou de muito bom humor hoje também.

Com o coração aos pulos, espero sermos levados imediatamente para a sala de tortura, mas Mandelbrot apenas manda seus capangas nos escoltarem até o dormitório com a ordem de suspender nossas refeições por quatro dias.

O quarto amplo encontra-se vazio. Como Devon planejara, os outros confinados já estão no refeitório. Assim que os passos de Sabba e dos outros dois capangas morrem no corredor, Devon faz seu caminho até o duto de ventilação, de onde retira duas garrafas com substâncias de cores e texturas diferentes. Mesmo acreditando em sua inteligência, começo a me questionar sobre o que acontecerá conosco se nosso plano falhar, pois Mandelbrot não será misericordioso.

Angustiada, olho para ele, agora agachado no assoalho, enquanto manuseia o conteúdo das garrafas. Suspiro, consciente da possibilidade de ser a última vez que o vejo. Atraído por minha imobilidade, Devon se detém para examinar meu rosto por um momento. Dou-lhe as costas na tentativa de impedir que perceba o conflito estampado nele, mas sei que é inútil. Sem a máscara contra gás velando minhas feições, meus sentimentos ficam completamente expostos.

– O que foi, Ninny? – sinto sua voz vindo em minha direção.

– Estou com medo – admito.

– Ei. – Ele pega devagar meus ombros e me vira para que eu o encare. – Está tudo sobre controle. Vai dar certo. Eu prometo.

– Você não entende. – Balanço a cabeça. – Se alguma coisa te acontecer eu... eu...

O resto da sentença se perde em meio ao medo da rejeição. Desvio meu olhar para longe, temerosa de que ele denuncie o que as palavras não foram capazes, mas Devon puxa meu queixo e me faz encará-lo outra vez.

– Não. Eu entendo melhor do que imagina. – Seus olhos se fixam nos meus com ternura. – Nunca fui indiferente a você. Todo esse tempo eu relutei em admitir o que eu sentia, porque eu temia que, se você descobrisse a respeito de meus sentimentos, quisesse ficar comigo não importa onde eu fosse. E justamente por te amar demais eu não queria obrigá-la a dividir a miséria de vida que temos em Sandarach... fazer você abdicar de qualquer chance de ter uma vida melhor por mim, quando eu mesmo não poderia protegê-la dos perigos desse lugar. Então, a melhor forma de permitir que você encontrasse a felicidade era te deixando livre para ir a qualquer momento. E é isso que eu tenho feito até agora.

Ele estende a mão para afagar minha bochecha. Aturdida por seu toque, sinto meus ossos amolecerem. Então Devon também me ama? *Realmente* me ama? Não sei o que pensar, a não ser o fato de que sua declaração me pegou totalmente desprevenida.

– E-eu estou sem palavras...

– Tudo bem – garante ele, escorregando sua mão em direção à minha nuca. – Nós não precisamos delas agora.

Desnorteada, percebo sua outra mão pousar sobre minha cintura, e só então o vejo inclinar seu rosto em direção ao meu. Cerro os olhos, sentindo os átomos de meu corpo se agitarem quando ele finalmente deposita o beijo em minha boca. Macios, seus lábios começam a se mover contra os meus, e, como em uma coreografia, nossas cabeças se inclinam em direções opostas. De repente seu braço enlaça minha cintura, me apertando ainda mais contra seu corpo, e ambas as línguas se tocam, transformando o beijo até então lento em um enlace tórrido, cheio de calor.

Quando Devon finalmente afasta sua boca da minha, encontra-se tão sem fôlego quanto eu. Ambos sabemos que queríamos mais, mas não há tempo para isso.

– Você confia em mim? – ele apoia de leve sua testa contra a minha.

Faço um leve gesto afirmativo com a cabeça.
– Ótimo. Então vamos buscar nossa liberdade...

Ao nos separarmos, respiro fundo, tentando me focar novamente no plano. Assumindo uma atitude concentrada, Devon começa a juntar as duas substâncias dentro de apenas uma garrafa e chacoalhá-la com força. Ingredientes até então inocentes a um olhar leigo, o cloro granulado antigamente usado em piscinas e o óleo de freio de carro reagem diante de meus olhos, surpreendendo-me ao criar uma enorme coluna de fumaça branca e fedorenta.

Executando minha parte no plano, vou até a janelinha gradeada da porta e espero o sinal de Devon. Do outro lado do quarto, ele pega uma barra de ferro solta há muito tempo da armação de um dos beliches, e prepara-se para se esconder atrás da porta.

Quando sua cabeça finalmente pende em um sinal positivo, sei que é hora do teatro.

– Socorro! Fogo! Fogo! – começo a gritar, com minha voz mais convincente.

Um dos capangas ouve o apelo e vem o mais rápido que pode. Ao ver a fumaça saindo em espirais pela janelinha gradeada, seus dedos se atrapalham com o molho de chaves, mas a porta acaba sendo aberta. Uma vez dentro do dormitório, ele leva alguns segundos para entender que o foco de incêndio vem na verdade da pequena garrafa, mas Devon não lhe dá tempo de perceber a cilada. Apenas um golpe na cabeça e o capanga já está estirado no chão. Fora do ar.

Aproveitando-se de sua inconsciência, Devon toma seu rifle, e logo rumamos apressados pelo corredor em direção ao próximo estágio do plano: o refeitório. De arma em punho, Devon já se prepara para o combate direto com os outros capangas, caso a outra parte do plano tenha falhado.

Quando abro devagar a porta do refeitório, várias armas apontam ameaçadoramente em nossa direção.

– Nossa! Por que demoraram tanto? – reclama Sabba, abaixando seu rifle. Logo atrás dela uma onda de alívio percorre o rosto dos adolescentes confinados, e eles também abaixam suas armas. Há um bando de corpos de capangas empilhados em um canto, adormecidos graças ao funcho-selvagem, uma erva de poderes tóxicos e soníferos que Devon aconselhara uma das confinadas que trabalham na cozinha a colocar furtivamente na comida dos capangas.

Não sei onde ele aprendeu tudo aquilo, mas graças a sua engenhosidade o plano está funcionando.

Com boa parte dos capangas incapacitados, Devon assume a liderança guiando nosso grupo pelo corredor. Somos muitos, e o barulho de nossos passos ecoa pelo bunker chamando mais atenção do que o planejado, mas logo alcançamos o círculo central onde se encontra o elevador.

– Não se esqueçam das máscaras de gás – lembra Devon, estendendo-me uma delas.

Várias mãos mergulham na caixa de madeira onde as máscaras estão e logo a seguir o elevador é ocupado em sua capacidade máxima. Junto ao grupo que ainda resta, Devon, Sabba e eu ficamos à espera de nossa vez, já mascarados, guardando a porta caso algum capanga apareça.

Assim que o elevador volta ao nosso nível, sou empurrada e espremida em seu interior. Ainda assim, a euforia vem se somar à proximidade da saída tornando a liberdade cada vez mais palpável. Em um curto momento de delírio, já consigo imaginar o oxigênio puro enchendo meus pulmões. Devon e eu de mãos dadas, sentados sob a sombra de uma árvore, sentindo a brisa em nossos rostos...

É quando tudo começa a dar errado.

Uma bala atravessa o ombro direito de Devon, fazendo-o cair de joelhos no chão antes mesmo que ele consiga entrar no elevador. Meus pulmões ardem em um grito desesperado, mas não consigo romper a massa de garotos que barra a saída para ir ao seu encontro. Outro estampido seco ecoa pelo bunker e uma bala passa zunindo a poucos centímetros de minha orelha. Por reflexo, busco a origem do tiro – e tudo que consigo ver é a imagem de Mandelbrot parado à porta, segurando uma arma.

De repente, o estado de confusão de que sou vítima parece desacelerar a cena surreal que se desenrola sob meus olhos. Em câmera lenta, vejo uma nova torrente de balas acertar alguns adolescentes à frente do nosso grupo. Devon se arrasta para trás da caixa de madeira e grita algo em nossa direção, enquanto empunha seu rifle na tentativa de acertar Mandelbrot.

Sabba aperta freneticamente o botão do elevador. As portas duplas dele se fecham lentamente diante de meus olhos, proporcionando-me um último vislumbre do hall.

E então a realidade penetra em mim no volume máximo, trazendo o barulho das engrenagens do elevador misturadas ao de uma intensa troca de tiros. Eu me desespero ao me lembrar dos inúmeros latões de gasolina ali existentes. Uma bala perdida em qualquer um deles e o bunker e tudo mais que esteja dentro dele vai virar pó.

Já na superfície, os sãos ajudam os feridos a saírem do elevador. Mesmo sobre meus protestos, Sabba consegue me levar à força para fora do bunker, mas não me detém por muito tempo. Puxo sua máscara de gás, e ela acaba soltando meu braço para ajeitá-la antes que possa inalar uma grande quantidade de arsênio. Eu me aproveito de seu descuido e corro de novo em direção ao bunker na esperança de alguma forma ajudar Devon – e é quando ouço um estrondo, que faz a terra sob meus pés tremer e uma bola de fogo quente e alaranjada sair pela porta, destruindo tudo em seu caminho. Instintivamente, jogo-me no chão, protegendo a cabeça com os braços, mas minhas costas ficam vulneráveis aos pequenos destroços que caem pelo pé da montanha.

Depois de alguns segundos, tanto as chamas quanto o calor retrocedem, dando lugar a uma coluna de fumaça. Ignoro a reclamação de minhas costelas atingidas pelos destroços e sento-me no chão, mortificada. Dentro da máscara, lágrimas correm ao longo de meu rosto, não devido à dor, mas diante da certeza: Devon está morto.

Passos ressoam atrás de mim e uma mão repousa em meu ombro, mas não em consolo.

– Vamos, Ninny. Só você sabe onde fica o esconderijo das joias. Não há mais nada que fazer aqui – alega Sabba.

Mas não me mexo. Não quero ir embora. Sabba respeita minha dor por alguns minutos, até que sua voz se levanta descrente.

– Mas... que diabos é aquilo?

Despertada do torpor, meus olhos correm na direção para a qual seu dedo aponta. A alguns metros de nós, uma figura trôpega caminha com dificuldade pela encosta da montanha. Reconheço a máscara de gás e seu ombro ferido de imediato. Com o coração explodindo, corro até ele e o enlaço em um abraço apertado que quase o faz cair. Devon dá um passo para trás na tentativa de se equilibrar e geme devido à dor em seu ombro, mas não me afasta.

– Como você escapou? – sussurro entre soluços de alívio, desvencilhando-me dele. – Achei que tinham explodido o bunker durante a troca de tiros.

– Quase. Eu consegui acertar Mandelbrot, mas quando tentei escapar pelo elevador ele não funcionou. Fui obrigado a pegar a saída secreta de emergência que Sabba disse existir no quarto dele. Deve ter sido o próprio Mandelbrot quem explodiu o bunker. Vendo a morte certa, acho que sua vingança final era me levar junto com ele.

– Mas não levou.

– É... – ele pega uma mecha castanha dos meus cabelos, que sai da traseira da máscara de gás. A pausa silenciosa que se segue denuncia nossos pensamentos.

– Você sabe que eu te beijaria agora se pudesse, não sabe? – diz ele.

Eu rio.

– Sei. Mas os beijos podem esperar. Você precisa é de um médico.

– Não... – Devon afaga meu pescoço com delicadeza. – Tudo de que eu preciso é você.

Graças à máscara, sei que ele não pode ver o sorriso em meu rosto, então o abraço novamente, tentando expressar nesse gesto toda a minha felicidade. Ambos sabemos que este não era um final feliz como os dos antigos contos de fadas, mas a promessa de um novo começo. E, mesmo que ainda muitos obstáculos nos esperem pelo caminho, nada irá nos parar agora. Porque temos um ao outro. E juntos somos mais fortes.

Uma Cidade Chamada Anomia[1]

Lidia Zuin

Nós não condenamos algo porque é um crime, mas é um crime porque nós o condenamos..

Emile Durkheim

1 Segundo o dicionário Michaelis, a definição de “anomia” é: 1 Ausência de lei ou regra; anarquia. 2 Estado da sociedade no qual os padrões normativos de conduta e crença têm enfraquecido ou desaparecido. 3 Condição semelhante em um indivíduo, comumente caracterizada por desorientação pessoal, ansiedade e isolamento social. 4 *Med* Perda da faculdade de dar nome aos objetos ou coisas ou de reconhecer e lembrar seus nomes.

"Ele estava de costas, ajoelhado frente à grande mochila aberta como a boca de uma fera engordada por ideias ruins e atitudes irracionais. Por entre os dentes do zíper pulavam cilindros de tinta vermelha, preta, branca, azul. Uma infinidade de tons que inexistiam na paleta urbana. Suas mãos seguravam a única arma que possuía: um tubo de spray metálico que usava para preencher a foice do ceifador pintado nas paredes de um túnel subterrâneo. Os carros corriam enfileirados, brilhando suas luzes em ciano. Iluminavam a pouca pele que escapava de seus rostos cobertos por máscaras: a dele, de gás, era feita de plástico; a dela era um capacete de material balístico.

O cabelo preto preso num elástico de remendos moveu-se do ombro esquerdo às costas, no momento em que ele se voltou para a mulher. Os olhos se preenchiam de pupilas dilatadas. E, ainda assim, aquelas órbitas continham força o suficiente para se transformarem em dois buracos negros sugando tudo ao seu redor, exceto aqueles que trocavam olhares. Não era a primeira vez.".

Enquanto caminho pela rua, observo as pessoas. Todas iguais. Suas mãos estão ora ocupadas por celulares ora por alguma bebida energética. Andam apressadas e serpenteiam umas entre as outras, até finalmente se acoplarem à massa engarrafada em calçadas largas, porém obstruídas por vendedores ambulantes, indigentes de membros amputados, pregadores do fim dos tempos e homens-sanduíche com placas eletrônicas dependuradas nos ombros anunciando prostíbulos, perfume falsificado e cão-robô de pelúcia. Olhando para cima, no entanto, ainda era possível enxergar uma passarela esguia e torta onde o céu corria esmaecido por nuvens baixas de poluição e de chuva iminente. E a água caía sem aviso, sem cheiro senão aquele dos escapamentos. A garoa não se insinuava, mas se desprendia repentina como um balde de água fria, como uma súbita cascata gélida. Então, o burburinho metropolitano de gargantas ávidas por *small talk* era silenciado pela precipitação. A música cosmopolita ganhava um novo ritmo – o dos passos apressados e dos cliques de guarda-chuvas sendo abertos.

Parado em frente a um shopping, eu terminava de fumar meu cigarro sem perceber que me encontrava ao lado de um segurança. Em sua orelha, um único fone de ouvido por onde os comandos lhe eram passados. Na mão, um rádio. Sério, ele não olhou para mim mais do que uma vez. Checagem concluída. Sua postura era austera e os olhos permaneciam escondidos atrás de óculos muito escuros, por conta das lentes cheias de informações pulsantes, reservadas.

Queria ter um daqueles. Na verdade, eu já havia possuído algo parecido, quando criança. Na escola, éramos liberados toda sexta-feira para levar algum brinquedo que quiséssemos. Garotos comuns, viciados em videogames e filmes de ação, sempre tinham entre suas posses infantis um kit de espião ou de policial, de soldado ou ninja. Eu não era diferente. Talvez somente pelo fato de que eu não tinha nenhuma coleção completa ou porque meus itens eram um tanto desatualizados. Era um problema que eu deveria enfrentar, porém nunca sem o respaldo do meu pai, que foi responsável por me pôr naquela escola de filhos de grandes empresários. Isso aconteceu porque ele lecionava na instituição, a qual também oferecia cursos superiores.

Meu pai era habilitado a dar aulas de sociologia, mas originalmente era um artista. Quando mais jovem, tentava conciliar os estudos, o trabalho de meio período e suas criações em tela, papel, madeira, *software*. Tinha energia e ideologia para isso. Depois, quando descobriu que se tornaria pai do filho de uma garota com quem se envolvera por apenas uma noite, teve de anular a parte criativa de sua vida e substitui-la pela responsabilidade de tomar conta de uma criança, sozinho. Pelo que meu pai me disse, minha mãe cumpriu apenas o dever da gestação e passou as demais tarefas para ele, porque quis seguir sua carreira como engenheira elétrica fora do país. De certa forma, acho que foi melhor assim. Cresci com alguém que me serviu de exemplo até seu último suspiro arrancado pelo câncer. Aprendi o que nenhuma escola poderia ter me ensinado – nem mesmo aquela onde meu próprio pai trabalhava.

Lá, eu estava cercado por projetos de trabalhadores empenhados, formatados na exata medida que o mercado pedia. Não absorviam nem mais e nem menos do que a cartilha apontava. Não eram mecânicos, eram econômicos. Hipnógenos. Contentavam-se em tirar boas notas e avançar para as séries seguintes, entrar numa universidade e ter um diploma para ostentar. Títulos e rótulos eram o suficiente para seguirem suas vidas à maneira que deveria ser: trabalhar, pagar impostos, consumir, ter um mínimo de bem-estar, trabalhar mais e então ganhar a alforria após cumprir uma cota. Aí sim haveriam de se alcançar a felicidade e a liberdade plenas. Idealmente. A verdade é que muitos acabavam arranjando novos empregos, porque não se viam "parados" ou porque não tinham como se sustentar só com a ajuda do governo – que era bem mesquinha.

Desde cedo, já sabíamos quem iria se tornar médico, advogado, engenheiro. Ou caixa de supermercado, como eu. Mas o que me diferenciava de todos os outros, se eu também tirava boas notas ou ao menos conseguia pontos suficientes para passar de ano e seguir meu caminho rumo à faculdade? Não sei explicar. Talvez se eu usar uma metáfora e confessar que, por quase a vida toda, fui atormentado por um demônio, um espírito maligno e tão sedutor que me alfinetava a cada minuto para que eu não me esquecesse que aquilo tudo era errado: desde as longas jornadas de trabalho às quais meu velho se submetia à negação de qualquer ajuda da instituição diante da doença de seu funcionário; do brinquedo mais caro da criança mais rica da sala à boneca desmembrada pela garota mais vingativa. Eu podia me lembrar muito bem dessas cenas que, estranhamente, misturavam-se em minha memória, sobrepondo-se em tempo e espaço. Na cama, meu pai moribundo dormia enquanto duas garotas de cabelos claros se estapeavam, sobre o colchão, por conta de uma boneca com uma perna faltando. Cabelos loiros de plástico voando à luz do abajur que o professor cansado deixava aceso ao lado da cama, para poder ler quando as forças pareciam voltar a ele.

E, nesse alvoroço, eu me lembrei da exceção: uma garota que costumava me olhar fixamente do canto da sala, por detrás de seus brinquedos de menina, sedenta de curiosidade pelos meus toscos dispositivos de espionagem. Um dia, ela resolveu sair de sua zona de conforto e pousar na minha carteira, como um passarinho que encontrou alpiste na mão de um humano. Nós nos olhamos interrogativos e ela, impetuosa, tomou da mesa uma arma de plástico que eu havia levado para a aula. Nunca me devolveu. Hoje me pergunto que fim levou essa menina que não gostava de brincar de casinha.

Quanto a mim, precisava de grana para manter meu pai confortável pelo pouco tempo que restasse, já que não imaginávamos a possibilidade de cura para sua doença bastante avançada. Não foi difícil conseguir um emprego em uma das dezenas de mercados, supermercados e hipermercados na cidade. Minha aparência, na época, era boa: cabelos curtos, barba feita, roupas razoavelmente limpas e uma calma imposta por mantras silenciosos. Morávamos num apartamento pequeno, o mesmo que ficou como herança para mim, depois que meu pai se foi. Mas o imóvel era tão ínfimo e desvalorizado que não adiantaria vender. O jeito era me prolongar em expedientes desumanos que pagassem uma quantia razoável e que me deixassem o mais longe possível do lugar onde vi meu pai morrer.

Dentro daquele uniforme amarelo e roxo, eu me escondia na fortaleza de pistas deslizantes e esperava todo o tipo de gente passar por ali. Desde velhinhas comprando legumes e verduras transgênicos a mendigos que haviam juntado montanhas de moedas totalizando um valor pequeno, mas exato para a compra de um aguardente barato. Eu observava todos eles: suas mãos, roupas, gestos, vozes, rostos, expressões. E, muitas vezes, nesse contato unilateral, sentia-me tão amargurado diante da ignorância e solidão da cidade que minha única vontade era voltar para casa e me enforcar.

Eram todos muito parecidos e lacônicos, dotados de uma

educação regida pela indiferença. Seria mais fácil substituir todos os caixas por máquinas com leitores de códigos de barra, porque já não era mais necessária a empatia. Éramos todos invisíveis. Mas viveríamos à sombra da ignorância apenas se quiséssemos. Dentro daquele antro de consumo, tínhamos acesso a informações tais como o verdadeiro preço dos produtos e sabíamos que a margem de lucro daquele comércio era ofensivamente grande, porém também democrática. Todos pagavam o preço alto: tanto o alcoólatra morador de rua até a madame que encomendou as compras pela internet.Como se isso não fosse suficiente, ainda havia os impostos sobre os produtos. E esse era um lucro que não ficava ali com o dono da rede de hipermercados, mas ia para a prefeitura e se redistribuía entre a corja de sanguessugas engravatados. Aliás, a época em que eu havia começado a trabalhar era também tempo de campanha eleitoral. Fiquei sabendo que um grande empresário do ramo automobilístico estava concorrendo ao cargo maior no município. De vez em quando, alguns de seus agentes publicitários mandavam adolescentes para deixar folhetos e colar propagandas na fachada e no interior da loja. Em outros momentos, homens bem-vestidos procuravam pelo gerente e tentavam acertar uma promoção de algum determinado produto de popularidade média a alta. Assim, o hipermercado oferecia uma liquidação e, de quebra, dava as honras ao candidato.

Um dia, um desses agentes resolveu comprar um maço de cigarros e, por acaso, escolheu pagá-lo em meu caixa. Gelei à primeira vista, ainda que não existisse motivo para que eu ficasse aterrorizado. Eu era apenas o caixa e nada mais que isso. E, talvez, justamente pela minha ridícula posição, ele se viu no direito de simplesmente ignorar minha presença, como os demais, e deixar como pagamento uma camiseta do seu candidato. "Vote 9 pelo novo – Victor para prefeito". E foi embora. Em qualquer outra ocasião como aquela, bastaria acionar a segurança da loja, mas ele era um homem que jamais se submeteria a uma situação como essa. Com meu dedo colado ao botão de alerta instalado abaixo do caixa, eu o observei desfilar por entre as folhas da porta automática, deixando o local até entrar num carro de luxo e partir. Minha mão vacilou, mas caiu e voltou ao movimento mecânico de passar as mercadorias pelo leitor óptico. Foi a primeira vez que estive perto de alguém poderoso e, subitamente, achei que podia sentir isso a ponto de me amedrontar diante de sua presença. Nunca me achei tão ridículo.

Naquele mesmo dia, talvez não tão por acaso, cheguei em casa mais tarde. Resolvi ir a um fliperama com alguns colegas de trabalho. Jogávamos videogames de ação, como no tempo de crianças, e continuávamos matando vilões e seus subjugados, curando a população contaminada por um vírus mortal, salvando moças indefesas. Era a mesma coisa, exceto pelo refrigerante, que havia se transformado numa vasta gama de cervejas e destilados.

Debruçado sobre uma máquina, desviei minha atenção por um momento e vi que, na varanda, um grupo de homens começava uma briga. Um empurrão depois do outro, até finalmente alguém perder o equilíbrio e o impacto causar uma explosão de fúria. Alguns funcionários do fliperama foram até o local para apartar e quando finalmente o conflito se dispersou, foram todos embora – provavelmente acertar as contas em outro lugar.

Quando percebi, havia perdido meus créditos no jogo, então me afastei bebendo um último gole da vodka já quente e dissolvida pelo gelo derretido. Para sair, eu precisava inevitavelmente passar pelo espaço onde a confusão havia ocorrido. Foi nesse momento que vi, no chão, algumas dezenas de panfletos pequenos espalhados. "Vote 9 pelo novo". Era impossível não concluir que havia uma resistência, mesmo que fosse em defesa de algum outro candidato irrelevante, ofuscado pela força de Victor. Eu podia estar errado, enxergando aquilo que eu gostaria de ver; mas, de certa forma, parecia inacreditável que ninguém estivesse descontente ou ao menos receoso diante da soberania eleitoral daquele megaempresário.

Queria poder discutir isso com o meu pai quando chegasse em casa. Mas nada havia sobrado do meu velho, a não ser contas funerárias, memórias e umas caixas grandes que ele guardava ao lado da escrivaninha onde costumava se sentar para preparar as aulas. Não estavam trancadas, porque não havia exatamente segredos ali dentro. Porém, eu nunca havia ousado mexer naquilo. Estavam estocados desenhos a lápis e carvão, aquarelas e pequenas telas pintadas com tinta a óleo, mídias nas quais ele guardava outras de suas criações, bem como textos acadêmicos, poesias e ficção. Poucos eram os livros impressos. Um deles, na verdade, era uma espécie de diário que recebeu o título de "Cidade de Anomia".

Sentado na poltrona onde meu pai fumava seu cachimbo, na época de boa saúde, comecei a ler algumas páginas daquele caderno que gradualmente perdia o caráter pessoal para se tornar um rascunho de livro de teoria, um grande ensaio. Depois de ter conferido imagens de flores, mulheres nuas, naturezas mortas e paisagens pastoris, vi que meu pai também havia pintado sombras melancólicas, vultos aterrorizantes que engoliam os poucos pontos de luz acrescidos à composição. Junto às palavras fortes escritas naquele protótipo, rabiscos em caneta formavam cenas urbanas e rostos ocos, às vezes preenchidos por caracteres que lembravam o formato do número de identidade e demais registros que qualquer cidadão possuía. Sob uma das cabeças, no entanto, havia a legenda: "O Nulodimensional". E, anexado com um clipe, outro papel estava dobrado junto ao verso daquela página. Não havia nada na folha. Por isso, imaginei que se tratasse de uma superfície para ser lida com o auxílio de outro dispositivo. No caso, uns óculos de realidade aumentada.

A tecnologia, àquela época, havia evoluído bastante, mas, como de costume, não a acompanhava por motivos financeiros. Porém, lembrei que ainda guardava um destes óculos, que eu usava quando era criança, para ler gibis. Corri até o meu quarto, levando o caderno comigo. Torci para que aquele brinquedo fosse suficiente para decodificar o que meu pai escondeu naquela folha. Como o acessório era pequeno demais para minha cabeça, coloquei-o próximo ao rosto, de modo que eu enxergasse de longe o que havia escrito ali. Era a letra do meu pai.

"Somos originalmente seres tridimensionais. Somos feitos de carne e osso. Mas somos reduzidos à bidimensionalidade, quando nos tornamos imagens. Aqui, somos eternizados, ainda que o processo demande resumo: perdemos a profundidade e nos fundamos em aparência. Forma sem história. A seguir, somos apenas carreira: professor, advogado, médico, engenheiro. Linha que cai e ascende. Despimo-nos de nossas temporalidades, memórias e complexidades para nos situarmos à dimensão nula dos números, das estatísticas, dos pontos. Pontilhamos a cidade. Somos habitante, cliente, contribuinte, cadastro. Somos fantasmas. Somos imagem e

número. Somos pixels. Somos dados. Nós nos damos a isso. Nós nos deixamos ser contaminados pela patologia anômica".

Logo abaixo desse texto, que, à primeira vista, pareceu-me mais uma charada, havia um desenho com técnica pontilhada da visão de nossa janela, na sala: os prédios do subúrbio, a longa avenida, as pessoas minúsculas. O título da pintura digital era "Cidade de Anomia". Eu não sabia como e nem por que, mas, naquele momento, algo estalou dentro de mim, como uma agulha ao tocar a pele fina de uma bexiga já bastante cheia. E tudo aquilo fez sentido, mesmo sem que eu estivesse consciente.

Depois disso, eu nunca mais fui o mesmo. Resolvi trabalhar no turno da noite, saindo do hipermercado lá pelas três da manhã. Assim, com uma mochila nas costas, procurava por paredes vazias para deixar recados às pessoas que por ali passassem. Transcrições de pensamentos do meu velho, às vezes adaptados à minha rebeldia e impulsividade. Só depois comecei a arriscar algumas figuras.

Caminhando pela cidade, eu encontrava tudo aquilo que meu pai havia descrito anos antes. Eu via a fome de homens e mulheres debruçados em latões de lixo guardados nos fundos de restaurantes *fast-food*. Via gente da minha idade vendendo drogas para poder comprar um computador mais potente ou mesmo alimentar o próprio vício. Havia também garotas que se prostituíam para ter um novo modelo de bolsa de grife, para pagar o bronzeamento artificial, para liquidar as prestações das próteses de silicone. Nas praças, meninos andavam de skate pelos escombros do que um dia foram monumentos de concreto. Destruíam até o último caco das telas que reproduziam propagandas de lojas locais, porém não faziam isso em protesto ao consumo, mas por violência transbordada. Nas avenidas do centro, outdoors em 3D repetiam o mesmo sorriso de uma senhora que dava seu depoimento como líder de um grupo de mulheres viciadas em esmaltes em um *talk-show*. Essas cenas eram interrompidas apenas pela dança de um exuberante corpo feminino editado pixel a pixel que anunciava o nome de uma nova clínica de estética.

Na manhã seguinte, aquele mesmo habitat cinza acordava preenchido de uma ou outra ilustração, fosse em forma de *stickers* ou de stencil. Na faixa de pedestres, eu pintava o vulto negro e colava um adesivo espelhado, de modo que os observadores se enxergassem no reflexo. Nos postes de luz que se prolongavam na horizontal, dependurava cordas com nó pronto para o enforcamento e desenhava logo abaixo, no chão, o que seria a sombra de uma pessoa segurando uma maleta aberta, de onde o dinheiro voava até chegar à beira da porta de um banco. Ainda fazia questão de comprar camisetas baratas com fotos de celebridades do momento e presentear os mendigos que passeavam pelo centro.

Dessa forma, minhas intervenções começaram a chamar a atenção da cidade, principalmente da mídia e da polícia. Isso provava a eficiência de se atingir com imagens corpos que almejavam ser imagem. Eu sabia que estava num ato suicida, ainda mais quando comecei a provocar a onça com vara curta. Falava do novo prefeito, uma vez que Victor havia irremediavelmente vencido a eleição. Desenhava sua caricatura gorda dentro de um manto negro de bruxo, sob o qual ele guardava montanhas de dinheiro sujo e de esqueletos em roupas operárias.

Foi então que, comendo um cachorro-quente, na calçada, assisti a um trecho do programa de TV em que eles acompanhavam o trabalho de uma policial com seu batalhão. Entre uma mordida e outra, eu achava graça na espetacularização daquela figura assassina, mas respaldada pela Lei. Afinal, o Estado é o verdadeiro e único detentor legítimo da força e, portanto, ele tinha não apenas o direito, mas o dever de aniquilar todo e qualquer indivíduo que, segundo seus métodos de investigação, fossem tidos como culpados. Simplesmente não havia julgamento.

Foi depois de beber um gole de refrigerante que eu vi que o episódio chegava ao fim e a moça finalmente tirava o capacete, revelando ser a filha do prefeito. Eu devia ser a única pessoa naquela cidade a não saber disso, a nunca ter assistido àquele programa – vendi a televisão para comprar material artístico. Mas, com certeza, não era a primeira e nem a última que sentiria uma familiaridade incrível diante daquela figura cinematográfica. Celebridades populistas têm esse poder sobre a gente. Só que não era a mesma coisa, nesse caso. Eu realmente conhecia aquela mulher de cabelos claros, de olhos grandes e decididos. Era de um passado muito remoto, muito específico.

O estalo da memória só aconteceu algumas horas depois, quando eu estava no metrô. Aquela policial, heroína da mídia, era Sophia, a garota que havia estudado comigo e roubado minha arma de brinquedo. Um riso escapou irônico por entre meus dentes, chamando a atenção de uns poucos mortos-vivos que me acompanhavam no vagão. A vida é realmente engraçada, para não dizer escrota. A garota que tomou meu revólver de plástico hoje "brincava" com armas de fogo e tinha licença para matar em nome do Estado e da mídia – e ainda fazia um favor para a imagem de seu pai. Sophia era a ceifadora da Cidade de Anomia. E se, por um lado, eu a odiava por ter se tornado aquilo, por outro eu queria encontrá-la outra vez, apenas pela sensação nostálgica de uma paixonite de infância.

Minha estratégia foi espalhar pela cidade a bela e colossal imagem de uma ceifadora de longos cabelos claros, às vezes com o rosto coberto pelo mesmo capacete de polícia que ela usava em seu *reality show*, em outras mostrando sua face de anjo da morte. Ingênuo e moleque, pensei que isso fosse mexer com a vaidade da mocinha da televisão e trazê-la para mim, ainda que significasse minha sentença de morte.

E, por mais ridículo que pareça, Sophia realmente mordeu minha isca e veio até mim. A filha do prefeito, a menininha que não gostava de bonecas e cobiçava meus brinquedos velhos de policial havia me encurralado num túnel subterrâneo, onde eu ainda delineava seu retrato.

Agachado diante da parede de concreto, vi uma sombra tenebrosa crescer ao meu lado, juntamente com o som de botas contra o asfalto. Era ela, Sophia, a justiceira de ideias ruins e atitudes irracionais. Era ela quem, agora, tinha uma arma, e não era de plástico. Ergui minhas mãos e permaneci calado, embora deixasse escapar um sorriso de alívio. Eu ia ser morto pela minha colega de classe, pela primeira menina por quem me apaixonei.

Mas, pela primeira vez, a heroína midiática não estava acompanhada de suas câmeras e luzes de apoio. Assim que eu a olhei, como se enxergasse por trás do capacete, percebi que ela titubeou. Na verdade, já tremia desde muito e parecia extremamente exaltada. Julguei que não seria apenas por causa dos meus "vandalismos". Ainda assim, ela não baixou a arma. E nisso, pude ver que o modelo de seu revólver era exatamente o mesmo do meu, o antigo, de brinquedo. Coincidência?

Eu preferia acreditar que Sophia não havia aniquilado sua infância para ser apenas uma imagem bidimensional, a representação resumida. Esperava que ela não me anulasse com um tiro e me tornasse parte de suas estatísticas "corretivas". Mesmo sem tirar o capacete, eu podia enxergar sua face, como na televisão.

– Até quando vai continuar me desenhando? – ela perguntou, irreverente.

– Até quando você continuar a matar as pessoas em nome de ideias erradas. Não concordo com o que você faz com o povo dessa cidade e... – por um momento, pensei se valia a pena dizer – Também queria que você viesse até mim.

– Eu me lembro de você – disse Sophia, deixando algo suave escapar pela carapaça dura e institucional. – Sei seu nome, seus dados, seu histórico... Mas não sei quem é você. Para mim, é apenas mais um no banco de dados da polícia.

Meu peito, por um momento, silenciou-se e se encheu como nos segundos que antecedem uma grande explosão. A vontade se dividia entre um berro ofensivo e um suspiro desiludido, porém me calei na inexpressividade da falta de reação. Entre meus dedos, a lata de spray pendia num vácuo só rompido pelas sirenes escandalosas que logo preencheram o túnel.

Levantei-me imediatamente, pensando que Sophia tivesse chamado por apoio, mas percebi que ela também havia entrado em desespero. Só que, em vez de ficar parada, correu para a moto e subiu, parecendo pronta para fugir. Só não o fez de uma vez por todas porque me olhava em expectativa.

– Vai ficar aí para morrer?

E isso já não ia acontecer, de qualquer maneira? Fosse através dela ou dos demais oficiais? Porém Sophia me deu a impressão de que também não estava assim em tão bons lençóis. Além disso, meu instinto de sobrevivência falou mais alto e mais depressa que a lógica e o raciocínio, então me sentei na garupa e tremi à partida extremamente veloz. Tiros começavam a ser disparados, e a noção de que eu ia ser atingido era cada vez mais certa e óbvia.

Sophia corria rápido demais e desviava dos outros carros como em videogames de corrida. Ela se aproveitava do pouco espaço que ocupávamos na pista para se desvencilhar do trânsito que, aos poucos, abria-se para a passagem das viaturas. Num determinado momento, um dos policiais usou um alto-falante para comunicar uma ordem de parada. Isso significava provocar Sophia, fazendo-a acelerar ainda mais. E o que ela fez foi ganhar um espaço considerável entre nossos perseguidores, esperando até que mais nenhum civil estivesse na via.

Assim que a situação foi alcançada, ela me fez a mais indecente das propostas, até então.

– Na minha panturrilha. Pegue a bomba! – Ela gritava, tentando fazer sua voz se sobressair ao barulho do vento.

Parcialmente deitada sobre o veículo, ela estendeu a perna para trás, facilitando meu alcance até o compartimento da bota, onde se encontrava uma minigranada.

– Espere eles se alinharem – disse Sophia, observando a formação das viaturas pelo retrovisor. – Agora! Jogue!

Eu seria capaz de acertar? Prendi a trava de segurança entre os dentes, imaginando-me o mais teatral – porém ridículo – dos seres humanos, e arremessei a bomba contra os carros da polícia. O impacto daquela pequena esfera provocou uma explosão que eu não imaginava ser capaz de surgir de tão minúsculo aparato. As estruturas da ponte começavam a ruir. "O que significa isso?!", questionei-me mentalmente.

Sophia riu e correu até nos afastarmos daquele lugar. Paramos perto da areia da praia, onde imaginamos que a pouca iluminação nos serviria de camuflagem. Assim que a corrida cessou, finalmente pude levar uma quantidade suficiente de ar ao meu pulmão descontrolado.

– O que está acontecendo aqui?! – perguntei, aturdido.

– Meu pai. Roubou dinheiro público e pôs numa conta com o meu nome – ela disse, enquanto acendia um cigarro na boca após retirar o capacete.

Foi aí que vi seu rosto pela primeira vez, após todos aqueles anos. Engoli a seco a sensação e deixei que suas palavras se sobrepusessem. Afinal, aquilo era novidade para mim.

– Então estão achando que a culpa é sua e, portanto, você está condenada também? Mas que infame! – exclamei.

– Não era assim que devia ser... – Sophia baixou a cabeça, parecendo desapontada – Na verdade, eu não consigo acreditar que meu pai tenha feito isso comigo. Mais do que ter me incriminado, ele traiu minha confiança ao prometer que, como prefeito, iria tentar consertar as coisas.

– Matando as pessoas quando desse na telha? – provoquei.

– A polícia faz todo um trabalho investigativo antes de nos mandar à rua para executar os condenados – ela explicou, muito firme. – Não é aleatório. Temos provas gravadas em vídeo, testemunhos, registros digitais, documentos... Computadores e pessoas dedicam suas vidas e seus esforços no combate ao crime.

– E outras têm suas vidas encerradas minutos após o anúncio de que cometeram tal crime, sem ter ao menos o direito de se pronunciar.

– Vão dizer o quê? Pedir perdão? – Sophia parecia estar ficando estressada.

– O que você diria, se pudesse, diante da situação em que está? Veja, você mesma caiu numa armadilha.

Ela ficou quieta por alguns instantes.

– Não sou ninguém para apontar o que seria melhor ou pior a fazer nessas situações, mas do jeito que está não é certo. O Estado transformou a punição em um espetáculo público e o corpo do condenado em um campo de batalha entre o governo e os cidadãos. É impossível que ninguém esteja descontente com isso.

Sophia arqueou as sobrancelhas, como se fizesse de mim um exemplo do meu próprio discurso.

– Acredito que suas intenções sejam boas, mas a execução tem sido covarde e mesmo ineficiente – insisti. – Será que a morte é realmente satisfatória para punir e corrigir determinados crimes? Talvez isso esteja se tornando banal.

A policial começou a caminhar pela praia. Sem que palavras fossem ditas, considerei aquilo um convite para acompanhá-la.

– O sistema carcerário simplesmente também não adiantava. Não havia garantias de que uma pessoa sairia de lá reformada, que não cometeria mais crimes contra os demais. Às vezes o governo apenas quis cortar gastos e encerrar o assunto de uma vez por todas – ela justificou.

– Isso acontece talvez porque já somos punidos diariamente, sendo aprisionados em instituições de ensino, em profissões, em classes sociais e em modelos que nos conduzem a um determinado condicionamento e regime... E, mesmo assim, cometemos infrações – repliquei, achando que Sophia estava começando a me entender.

Ela voltou ao seu silêncio pensativo. Achei que devia respeitá-lo naquele momento, e assim continuamos a caminhar, até que parei diante de uma pequena luz que se anunciava em meio à vegetação na orla da praia. Tirei de dentro do casaco o caderno de anotações do meu pai. Sophia o aceitou, depois de jogar o resto do cigarro na areia. Tomou o livreto para dar uma olhada, mesmo que a iluminação fosse muito precária.

– Cidade de Anomia – ela leu.

– Era como meu pai chamava nossa cidade – comentei, rindo.

– Então ele é o mentor da sua delinquência – Sophia achava graça.

– Está me chamando de delinquente só porque não sou igual aos outros?

– Não, estou te chamando de delinquente porque você cometeu delitos.

– Só são delitos porque o Estado quer que seja... – retruquei baixinho.

E, de repente, experimentávamos o sentimento de empatia, visível em nossos sorrisos. Enquanto ela folheava o caderno, eu aproveitava para olhá-la de perto – mesmo que a pouca luz me poupasse dos detalhes. Ainda assim, podia ver seus cílios e cabelos cintilando ao choque do brilho artificial distante. A lua ainda crescia, naquela semana.

– Por que você me trouxe junto? – perguntei, curioso.

– Porque, se me acertassem um tiro, pegaria nas suas costas e não nas minhas – ela disse, bastante séria.

Alguns instantes desagradáveis se seguiram, até ela deixar escapar um novo riso.

– Estou brincando. Eu simplesmente não pude deixar você para trás. Talvez porque, de alguma maneira, você me deve explicações sobre todas essas ceifadoras que desenhou com o meu rosto.

– Só queria encontrá-la outra vez para pegar de volta a minha Colt.

Sophia sabia do que eu estava falando. Depois de me olhar com suas íris amareladas enormes, ela levou a mão enluvada até o rosto, cobrindo o sorriso grande e tímido de quem vê graça no destino.

– Você é o mesmo Trevor de quem eu roubei uma arma de brinquedo, na escola? – ela perguntou, achando graça.

Assenti com a cabeça.

– Então realmente estou te devendo desculpas – disse Sophia, baixando o rosto enrubescido enquanto escondia a risada aguda.

– Desculpas? Não, você foi condenada e vai ter que pagar pelo seu crime com a própria vida – brinquei, conseguindo arrancar uma careta manhosa do rosto da minha antiga colega de classe. – Ou então com pelo menos um pouco do tempo dela. Quero que leia esse diário.

– Está bem – ela concordou.

Eu percebia em sua expressão os exatos gestos que me sinalizavam os passos seguintes, aqueles que eu deveria dar para iniciar a dança. Os olhos de Sophia oscilavam entre as minhas íris escuras e os meus lábios finos. Suas mãos não encontravam lugar e se perdiam no caminho entre seu cabelo e a cintura. O pé direito se erguia e tocava a areia apenas com a ponta da bota. O corpo coberto de couro preto e tecido balístico serpenteava carinhosamente até os cílios compridos baixarem e denunciarem a proximidade cada vez maior. Minhas mãos subiram ao rosto dela, de modo que eu pudesse ajeitar seus cabelos antes de beijá-la com a suavidade da incerteza. Mas, assim que ela me deu permissão, tomei-a nos braços e recebi seus dedos em minhas costas, deslizando em direção à nuca.

De algum modo, a partir daquele gesto, nós dois já sabíamos. Dali em diante, não estávamos mais na mesma metrópole governada por Victor e pelos soberanos travestidos de Lei, mas éramos habitantes de uma cidade chamada Anomia.

Vitória

Roberta Grassi

Fazia sentido tudo acabar assim.

A lua iluminava o deserto, o vento soprava aquele ar contaminado e fazia o mapa que eu erguia bem alto esvoaçar como uma bandeira, abafando o som dos motores sendo exigidos ao máximo. Havia três carros correndo e levantando nuvens de poeira, três pares de faróis rivalizando com a lua. Uma caminhonete e um carro de passeio adaptado vinham na minha direção a uma velocidade que me fazia crer que um dos dois iria me atingir e jogar meu corpo sem vida para longe, enquanto, atrás de mim, uma van fugia deixando o rastro dos pneus no chão e levando Vitória embora.

Era para ganhar tempo e permitir que aquela van fugisse que eu estava parado no meio do deserto, erguendo um mapa falso e esperando a colisão.

Dizem que você pode reviver uma vida inteira em um minuto. Eu decidi usar o meu último minuto para reviver os três últimos meses.

A primeira visão que eu tive de Vitória foi ela parada na porta do meu quarto, segurando um livro velho e poeirento, querendo saber se o velho Sam estava ali.

Já tinha se passado quase um ano desde que meu pai tinha me deixado dividindo um quarto no bunker comunitário com o velho Samuel e quase seis meses que eu fazia parte da equipe da coleta das unidades de armazenamento de energia solar.

Eu tinha entrado para a equipe de coleta por dois motivos: era bom ter alguma coisa para fazer de vez em quando e havia a oportunidade de sair do bunker pelo menos uma vez por semana – mesmo que fosse só durante a noite, para evitar o sol que nos transformaria em torresmo, que tivéssemos que usar máscara para evitar as toxinas do ar fétido e que as saídas se resumissem em ir até o posto de captação de energia solar, recolher as unidades de armazenamento de energia carregadas, deixar as vazias para serem preenchidas e voltar para o bunker para sermos recebidos como heróis, já que o filtro de ar, a iluminação das estufas e basicamente todo o resto do bunker funciona graças às unidades de armazenamento que nós estávamos carregando. Os agradecimentos efusivos e tapinhas nas costas eram a melhor parte, e eu sempre deixei que aquilo inflamasse o meu ego.

Então, quando Vitória apareceu batendo na porta procurando o velho Sam e me acordando do meu sono mais do que merecido, eu fiz questão de deixar claro o quanto ela estava incomodando. Antes mesmo que ela terminasse de explicar que estava procurando Samuel para devolver um livro que ele havia lhe emprestado, eu já tinha batido a porta na cara dela, jogado o livro em um canto do quarto abarrotado de tralhas e voltado para a minha cama.

Sempre me irritava quando me colocavam no papel de bibliotecário e secretário do velho Sam. Pelo menos umas três vezes por dia alguém aparecia com um livro para ser devolvido e isso me tirava do sério. Quando Samuel percebeu que a catástrofe estava próxima, contratou um caminhão e trouxe para o quarto que tinha comprado no bunker comunitário aquilo que ele mais amava: sua biblioteca. Como as opções de entretenimento eram limitadas dentro do bunker, os livros dele se tornaram um sucesso, e sempre aparecia alguém me aporrinhando por causa dos livros e me tratando como o secretário do velho.

Durante quase um ano eu convivi com aquele cheiro de papel envelhecido e odiei aqueles livros simplesmente porque eles me lembravam que aquele não era o lugar onde eu deveria estar; lembravam-me que eu só tinha que dividir espaço com aquela montanha de livros velhos porque meu pai trocou o pequeno apartamento que havia comprado no bunker por um carro adaptado e suprimentos para sair procurando minha mãe e meus irmãos, que haviam se perdido na correria até ali. E mais do que isso, aqueles livros me lembravam que eu estava ali, trancado no bunker, em vez de estar junto com meu pai tentando localizar a minha família.

Agora, no meu último minuto, enquanto os faróis chegavam cada vez mais perto e Vitória estava cada vez mais longe, eu conseguia enxergar o quadro geral. Agora eu conseguia perdoar o imbecil cujo plano de evacuação infeliz fez parte da minha família se perder no meio caminho até o bunker comunitário, conseguia até perdoar meu pai por ter me abandonado lá. Agora eu conseguia esquecer a raiva que tudo isso me causava e quase agradecia por esses terem sido os passos que fizeram nossos caminhos se cruzarem.

Perdi a conta de quantas vezes eu esbarrei com Vitória retirando livros e depois os devolvendo ao velho Sam, e em nenhuma dessas vezes eu realmente a vi. Foi só quando ela apareceu no centro de atividades e recreação do bunker que me chamou a atenção.

Ela vinha todos os dias bem cedo, dava voltas e mais voltas na pista de corrida, corria feito uma louca e depois fazia uns alongamentos estranhos, erguendo uns pesos superleves e agindo como se estivesse se preparando para uma maratona. Todas as vezes que eu ia ao centro de atividades fazer o treinamento imposto à equipe de coleta eu a via lá, e comecei a me perguntar o que é que ela pretendia com aquilo.

Foi o velho Sam quem me disse o nome dela pela primeira vez.

– Vitória. É um belo nome – ele disse, sacudindo o livro que ela acabara de lhe devolver. – Um belo nome para uma bela jovem – continuou com ar saudoso. Eu me fiz de desentendido, para não dar asas à imaginação do velho e nem esperanças de que ele pudesse me juntar com a maluca que gostava de ficar correndo em círculos.

– É filha do médico transferido – ele continuou o falatório enquanto guardava o livro junto aos outros.

– O que aconteceu com o médico antigo? – eu perguntei para desviar o assunto.

– Nada – o velho respondeu. – Só precisaram de mais um. Existem coisas que nunca são demais, livros e médicos são algumas delas.

Eu resmunguei em resposta e deixei o assunto morrer, mas

algo começou a me incomodar. Agora que a maluca tinha um nome a presença dela parecia chamar ainda mais minha atenção.

Durante uma madrugada – e dada a total ausência de luz solar, eu só sabia que era madrugada porque era isso que os relógios mostravam – eu fui até o ponto mais alto do bunker escutar a chuva. Eu ia ali de vez em quando, se tivesse sorte estaria chovendo, e então eu ficava ali, escutando os pingos baterem na parede de metal. Isso me acalmava, era como a constatação de que ainda existia o mundo lá fora, mesmo que naquela hora eu não pudesse vê-lo.

De repente, junto com o barulho da chuva eu escutei passos ecoando pelo corredor. A princípio achei que fosse um dos guardas fazendo a ronda noturna, mas os passos eram mais leves do que os produzidos pelas botas dos guardas. Um segundo depois eu a vi virando a curva do corredor.

Vitória olhou para mim e me cumprimentou com um aceno, como você acaba sendo obrigado a cumprimentar qualquer um que vive trancado dentro de um bunker com você. Eu devolvi o aceno, ansioso sem saber por quê.

A urgência de dizer alguma coisa, qualquer coisa, me fez disparar a primeira frase que me veio à mente.

– O velho Sam está dormindo – eu disse, quando vi que ela seguia na direção onde ficava o quarto que eu dividia com o velho e seus livros.

– Que bom pra ele – ela retrucou sem parar de caminhar.

– Não está meio cedo para ir até o centro de atividades? – eu provoquei.

Ela parou, virou na minha direção e me encarou com a expressão de quem tenta entender o que está acontecendo.

– Vejo você todo dia lá, correndo como se estivesse se preparando para correr até outro bunker.

Ela se aproximou, me olhando de cima enquanto eu continuava sentado no chão.

– E você, mais do que ninguém, entende porque eu estou todos os dias cedo no centro de atividades.

As palavras dela não despertaram qualquer entendimento em mim, e eu acabei permanecendo em silêncio.

– Você não sabe? – ela perguntou, e eu respondi balançando a cabeça de um lado para o outro. Ela deu mais dois passos na minha direção, ficou ali olhando o chão do corredor, pensando se deveria me contar o que eu não sabia. Depois de chutar de leve a parede com a ponta do sapato, ela finalmente disse:

– Vão abrir vagas para a guarda da equipe de coleta. Ninguém te falou nada?

Não, ninguém tinha me falado nada.

Nós chamávamos o responsável pela equipe de coleta de "Chefe", ele gostava de ser chamado assim e sempre que podia deixava bem claro quem é que estava no comando. E eu era só o carregador, eu só pegava as unidades de armazenamento de energia e as levava até a van, então por que é que eu deveria saber que a guarda da equipe ia aumentar?

– Eu só fiquei sabendo porque é meu pai que vai fazer os exames médicos dos candidatos – ela disse, e eu tive a impressão de que ela só disse isso para diminuir meu desapontamento ao constatar que eu era apenas um peão que executava jogadas criadas por outros.

Mas na hora outra questão consumia meu cérebro:

– Por que estão caçando gente para aumentar a guarda?

– As equipes de coleta de outros bunkers foram atacadas – ela explicou. – Estão roubando as unidades de armazenamento, esperam a equipe de coleta ir até o posto e quando estão tirando as unidades de lá eles atacam.

Ninguém tinha comentado nada sobre aquilo, mas dentro do bunker era raro saber o que estava acontecendo em outros lugares. Nenhuma notícia que pudesse causar insegurança e pânico era divulgada.

– E você quer entrar para a guarda? – eu perguntei.

– Eu vou tentar – ela respondeu. – Você pode imaginar por quê.

Eu tinha meus motivos para estar na equipe de coleta, talvez os dela fossem os mesmos, mas eu nunca falava sobre isso com ninguém.

– Se isso te motiva a acordar cedo... – eu disse erguendo os ombros.

– Na verdade eu não consigo dormir desde que decidi tentar a vaga – ela disse. Em seguida, mudou de posição, como se tivesse percebido que havia falado demais.

– A gente se esbarra – ela disse, e então voltou a caminhar na direção que seguia antes de eu disparar a primeira frase que consegui formular.

Fiquei pensando sobre meu encontro ao acaso com Vitória durante todo o resto daquela noite, revivi a nossa conversa dezenas de vezes e por fim comecei a formular respostas melhores do que as que eu tinha dado. Eu devia ter desejado boa sorte para ela na seleção da guarda, devia ter dito que seria ótimo tê-la como companheira de equipe, ou até mesmo advertido que aquele era um risco que ela não precisava correr.

Por que a gente só pensa no que devia ter dito quando a chance já passou?

Em todos os dias seguintes Vitória apareceu no centro de atividades e continuou com seu treinamento totalmente sem critério, ora correndo, ora lutando para erguer pesos minúsculos. Ela me cumprimentava com um aceno e eu não tinha coragem de ir falar com ela, sabia que se fosse até lá e a cumprimentasse ia dizer todas as coisas erradas e depois ficaria me martirizando com tudo o que eu deveria ter dito e não disse.

Duas semanas depois o Chefe reuniu a equipe de coleta e anunciou que a guarda iria aumentar, "por motivos de segurança". Foi toda a explicação que ele nos deu.

No dia dos testes para selecionar os novos membros da guarda o centro de atividades foi fechado. Eu me reuni à equipe de coleta e fui assistir os testes por dois motivos: eu não tinha nada melhor para fazer e eu queria consolar Vitória quando ela fosse reprovada.

O Chefe não deu moleza para nenhum deles, levou todos à exaustão e a todo o momento ficava testando o que ele chamava de "tempo de resposta" para ver como os candidatos reagiriam a qualquer situação imprevista. Vitória resistiu bem, mas perto dos brutamontes que estavam disputando as mesmas vagas era difícil acreditar que ela tinha alguma chance.

Depois do teste físico, foi a vez de descobrir como os candidatos se saíam com armas. Um depois do outro, eles tinham que escolher uma das armas que estavam sobre uma bancada e ver se conseguiu acertar os vários alvos dispostos por todo o ginásio.

Quando chegou sua vez, Vitória foi até a bancada e escolheu uma. Eu não entendo de armas, minha função de carregador não exige isso, então tudo o que consigo dizer sobre a arma que ela escolheu é que era um rifle ou qualquer coisa do gênero.

O Chefe lhe entregou três balas e em tom teatral disse:

– Me impressione.

Ela carregou a arma, marchou até o stand de tiros, posicionou a arma, inspirou uma quantidade enorme de ar e antes que expirasse todo o ar dos pulmões acertou três alvos bem no centro.

– Nada mal – o Chefe disse, tentando não demonstrar o quanto estava impressionado. – A vaga é sua, a arma também.

Vitória sorriu para si mesma, como se instantaneamente houvesse se transformado em uma das heroínas dos livros que pegava emprestado do velho Sam.

Depois de uma breve reunião para nos informar a data da próxima coleta e explicar como as coisas funcionariam agora que a guarda estava maior, a equipe se dispersou.

Fui andando pelos corredores do bunker seguindo os passos de Vitória.

– Onde você aprendeu a atirar? – eu perguntei, quando ficou evidente que não seguíamos pelo mesmo caminho por coincidência.

– Quando eu era criança, em uma das minhas férias no sítio da família, meu avô me deu uma arma de chumbinho que ganhou do pai dele

– Algo contra a Barbie ou o seu avô só quis ser original? – eu tentei fazer graça, o que obviamente não funcionou.

– Minha mãe odiou o presente – ela seguiu falando. – Ela tinha medo que eu começasse a matar animais e desenvolvesse um instinto assassino. Mas eu nunca matei nenhum animal – acrescentou. – Eu gostava de treinar a pontaria em garrafas e latas, e, para o desespero da minha mãe, adorava estilhaçar vidraças.

Ela sorriu, orgulhosa das façanhas da infância.

Quando passamos em frente ao quarto que eu dividia com os livros do velho Sam, Vitória se despediu com um "a gente se esbarra", e eu fiquei sem qualquer argumento ou justificativa para continuar caminhando com ela.

Eu deveria tê-la parabenizado por conseguir entrar para a guarda, deveria ter me oferecido para apresentá-la ao resto do pessoal da equipe, deveria ter dito que ela se saiu muito bem nos testes e ia se sair melhor ainda na guarda, mas não disse nada disso porque todas essas coisas só me ocorreram depois que ela estava longe.

Não encontrei qualquer oportunidade ou assunto para

conversar com Vitória nos próximos dias. O treinamento da equipe de coleta foi intensificado sem qualquer explicação – eu sabia o motivo, mas ninguém falava nada sobre isso. Fizemos várias simulações de coleta e nessas ocasiões toda a interação que eu tinha com Vitória eram cumprimentos, que se limitavam a acenos, e sorrisos tímidos que diziam muito mais "estamos pagando por nossos pecados" do que "estou interessado em você". O ápice das minhas tentativas de me aproximar de Vitória foi na vez em que eu perguntei se ela estava com sede e lhe trouxe uma garrafa de água. Eu esperava que ela visse mais do que companheirismo naquilo, mas ela não notou nada.

A primeira coleta com os novos membros da guarda ocorreu sem qualquer problema. Vitória chegou antes de todo mundo na garagem. Eu dei um jeito de sentar perto dela na van e notei que ela havia talhado a palavra "avante!" no cabo de madeira da arma. Perguntei o que significava aquilo e ela respondeu que era uma coisa que tinha tirado de um dos livros emprestados do velho Samuel. Esta foi a conversa mais longa que tivemos desde o nosso encontro por acaso, na madrugada em que eu fiquei sabendo dos ataques às equipes de coleta.

Com a máscara que usamos sempre que saímos do bunker cobrindo minha cara, a comunicação ficava praticamente impossível. Mas ter Vitória me acompanhando no trajeto da van até o posto de captação de energia solar e depois de volta à van, vê-la segurando a arma e concentrada em tudo o que acontecia à nossa volta enquanto eu carregava a unidade de armazenamento, esbarrar em seu ombro algumas vezes – a maioria de propósito – fazia com que eu me sentisse muito bem.

A recepção da equipe de coleta pelos moradores do bunker era sempre calorosa, e teria sido a situação perfeita para puxar conversa com ela, porém mais uma vez as coisas que eu deveria ter dito só me ocorreram quando eu já estava deitado na minha cama encarando o teto.

Pensei em ler o livro de onde ela tinha tirado a palavra "avante!", mas eu odiava aqueles livros velhos e não conseguiria concentrar minha atenção em página nenhuma.

A coisa seguiu assim pelas próximas semanas. Eu via Vitória em todos os treinamentos. Sempre que batiam na porta do meu quarto eu corria para atender, pensando sempre que poderia ser ela devolvendo algum livro velho e bolorento. Raramente era ela, e nessas ocasiões trocávamos uma ou duas frases, nada de efetivo ou substancial, mas o suficiente para me deixar ansioso para a próxima vez.

A coleta seguinte e a depois dessa ocorreram conforme o planejado e sem qualquer surpresa. Eu deveria ter dito a Vitória que ela ficava muito bem com o uniforme da equipe, que eu me sentia seguro com ela na guarda e que eu adorava quando o ombro dela esbarrava no meu, mas eu não disse nada disso.

Na terceira coleta com a nova guarda foi que tudo descambou.

Eu tinha recebido uma mensagem do meu pai dizendo que ele estava vivo, que ainda não tinha encontrado qualquer sinal do paradeiro da minha mãe e dos meus irmãos, mas que ele continuaria procurando. Aquela mensagem reacendeu a raiva que eu tinha conseguido adormecer. Quando o velho Samuel me desejou boa sorte antes que saísse para ir até a garagem, a minha vontade foi mandá-lo ir para o inferno. Na van, quando reparei que Vitória ficava refazendo com a ponta do dedo indicador a palavra "avante!" talhada no cabo de sua arma, minha vontade foi argumentar que nós não estávamos avançando para canto nenhum.

E, quando eu estava voltando para a van carregando a unidade de armazenamento, nós fomos atacados.

A primeira coisa que me fez notar que algo estava errado foram os gritos abafados pelas máscaras. Um bando surgiu sei lá de onde e o tiroteio começou. Vitória acertou bem no peito o infeliz que vinha na minha direção tentando tomar a unidade de armazenamento cheia. O sujeito caiu e outro passou por cima do futuro cadáver e veio tentar terminar o trabalho que o cara ferido e se contorcendo no chão não tinha conseguido. Eu sabia que Vitória estava com ele na mira, sabia que ela atiraria e me salvaria, mas a coisa é que eu não queria ser salvo nem protegido.

O cara que tentava tomar a unidade que eu carregava se aproximou e eu reagi, ergui a unidade de armazenamento e a usei como arma para acertar a cara do bandido, ele tropeçou no outro que estava caído e rolou para o chão. No mesmo segundo apareceu outro apontando um revólver na minha direção, eu bati na mão dele com a unidade e a arma disparou para o alto, usei minha mão esquerda para socar a cara dele e não parei de atacar até que ele estivesse caído junto com os outros.

Os tiros ecoavam à minha volta e a minha respiração era alta dentro da máscara. Ignorei o comando do Chefe para retornar à van e segui atacando qualquer um que aparecesse tentando pegar a unidade que eu carregava. O barulho de um motor gritando ao ser acelerado cortou a noite e nem assim eu parei. A certa altura nocauteei um gordo; quando ele caiu notei algo saindo na gola da jaqueta dele, apoiei a unidade de armazenamento no chão e me abaixei para pegar o papel dobrado. Era um mapa. Uma mão apertou meu ombro e eu virei um soco na cara do dono da mão, no segundo seguinte descobri que aquela era a mão do Chefe.

Ele fez sinal para que eu voltasse para a van, e atrás dele eu vi que só restava a equipe de coleta, os bandidos estavam caídos ou longe dali, fugindo dos nossos tiros.

Carreguei a unidade de armazenamento e o mapa para a van. Depois que a porta foi fechada e o filtro de ar ligado eu tirei a máscara. O Chefe estava ao lado do motorista e olhava no espelho retrovisor o estrago que eu tinha feito na cara dele. Vitória estava à minha frente e o silêncio imperava.

– Você é retardado? – ela perguntou depois de alguns segundos.

Eu não disse nada.

– Eu tinha o cara na mira e quase atirei em você.

Como sempre, eu não tinha o que dizer, e como não tinha o que dizer eu simplesmente agi.

Espremendo o mapa na minha mão, eu avancei e pressionei minha boca na boca dela e o corpo dela contra a lateral da van. A princípio ela não reagiu, mas depois me empurrou e quando eu me afastei começou a me socar. As outras pessoas que estavam na van nos separaram, segurando tanto ela, que me batia, quanto eu, que só apanhava. Vitória ainda conseguiu acertar um chute no meu estômago, e eu descobri que aquela era a melhor dor que eu já tinha sentido na vida.

A recepção de volta ao bunker foi a mesma de sempre, mas parecia que tudo tinha mudado. Vitória escancarou a porta da van assim que ela parou no estacionamento e saiu marchando para sei lá onde sem olhar para trás. Eu pensei em correr atrás dela, mas o Chefe me segurou pelo braço e desta vez eu não pude me livrar dele com um murro.

Ele me arrastou até a sala dele e quando me pediu explicações eu joguei o mapa sobre a mesa. Ele desdobrou o papel e a reação que teve ao ver o quer que houvesse ali foi a mesma que se tivesse levado outro soco.

– É um mapa da região com todos os postos de captação de energia solar – ele disse alisando o mapa sobre a mesa.

– De nada – eu falei irritado e comecei a sair da sala.

– Isso vai nos custar caro – ele disse. – Eles vão revidar, você sabe disso.

Eu resmunguei em resposta e saí dali. Vaguei confuso pelos corredores do bunker, estava com raiva de tudo e ao mesmo tempo queria correr, tamanha era a minha alegria. Quando Sam me perguntou como tinha sido a coleta eu menti dizendo "nada demais". Passei a noite inteira acordado, olhando para o teto, pensando o que eu poderia ter feito de diferente.

Vitória não apareceu mais para pegar ou devolver qualquer livro do Sam. No treino seguinte ela fez questão de nem olhar na minha cara. O Chefe intensificou o treinamento mais uma vez, porque agora todo mundo sabia que as equipes de coleta estavam sendo atacadas. No fim do treino eu estava detonado e cada um dos meus músculos reclamava do esforço, mas ainda assim encontrei forças para seguir Vitória ginásio afora.

Ela caminhava uns dois metros na minha frente, sabia que eu a estava seguindo e não esboçou qualquer reação a isso. No mesmo corredor em que eu tinha falado com ela da primeira vez ela parou e eu parei logo atrás. Ela ficou ali em silêncio. Sei lá quanto tempo ficamos assim, até que meus músculos doídos me empurraram para frente e eu fui até onde ela estava. Ela se virou e a expressão era a mesma de quando ela me socou na van.

– Eu... – comecei a falar, só que não tinha o que dizer. Achei que eu devia me desculpar, mas antes que eu encontrasse as palavras Vitória avançou um passo na minha direção, me empurrou contra a parede e imitando meu gesto pressionou a boca contra a minha.

Como ela, eu não reagi. Quando ela se afastou as palavras fluíram pela minha boca:

– Agora eu devo te dar um chute no estômago também?

Ela não riu. Em vez disso ela disse:

– Se você não agir como um débil mental quando eu estiver com uma arma carregada apontada na sua direção, já está bom.

E então ela me beijou de novo e eu soube que eu não precisava mais ficar buscando as coisas certas para dizer, eu não precisava dizer nada.

Vitória passou a fazer parte da minha vida. Ela passou a aparecer mais vezes para ver o velho Sam, e ele adorava cada uma de suas visitas. Ela ia comigo escutar a chuva de madrugada e resumia os livros que tinha lido para mim. Nós treinávamos juntos e eu não precisava mais esbarrar de propósito no ombro dela no caminho até o posto de captação de energia. Eu não sentia tanta raiva de tudo e quase agradecia ao colapso que tinha devastado a Terra porque ele era o maior responsável por eu ter encontrado Vitória.

Tudo estava bem, mas havia a questão do mapa e o ataque iminente do bando que nós tínhamos derrotado.

O Chefe bolou um plano: foi feito um mapa falso que deveria ser "esquecido" em um dos postos de captação. O mapa falso guiaria o bando para fora do nosso caminho e nos daria um tempo maior para pensar em uma solução mais apropriada.

O plano era mais ou menos e poderia até dar certo, mas nunca chegou a ser executado.

Armados até os dentes e carregando o mapa falso, nós fomos para mais uma coleta. Antes de chegar ao posto de captação, o motorista percebeu que estávamos sendo seguidos por um carro de passeio. Mais atrás, uma caminhonete. Imediatamente nós vestimos as máscaras e os membros da guarda prepararam as armas, e foi então que quando o Chefe nos surpreendeu com outra decisão: nós deveríamos voltar e, se eles nos seguissem até o bunker, os guardas de lá tomariam conta deles.

Nós olhamos uns para os outros, sem entender. A única explicação que me veio à cabeça foi que, apesar de todo o treinamento, naquela hora o Chefe nos viu exatamente como éramos: um bando de moleques carregando armas, convencidos de que podiam ser heróis uma vez por semana, mas que agora estavam diante de gente mais apta a manejar armas e disposta a passar por cima de qualquer um para sobreviver. E talvez ele não quisesse sacrificar nenhum de nós. Então, em vez disso, sacrificou todo o trabalho e tempo dedicado aos treinamentos e simulações. A verdade é que provavelmente eu nunca vou saber as razões que levaram o Chefe a mudar de ideia - mas quando o motorista fez uma curva brusca que jogou meu corpo contra a lateral da van eu percebi que não podia deixar aquilo acontecer.

E se eles atacassem a van e nós nunca chegássemos até o destino? E se eles conseguissem atacar o bunker? O bunker tinha que continuar a salvo para que meu pai voltasse para lá levando o resto da minha família. O bunker tinha que continuar ali para receber Vitória. O bunker não podia correr o risco de ser atacado porque o velho Sam estava lá com os livros empoeirados dele.

Arranquei a máscara, peguei o mapa falso que estava sobre o painel da van e antes que alguém percebesse o que eu estava fazendo abri a porta e pulei. Caí no chão rolando e levantei todo ralado e cuspindo areia. Levantei e cobri minha boca e nariz com a gola da camiseta. Ergui o mapa o mais alto que pude e fiquei ali chamando a atenção do bando que nos seguia e ganhando tempo para que a equipe de coleta chegasse bem ao bunker.

Vendo os faróis vindo na minha direção eu perdoei meu pai, agora eu sabia o que era sacrifício. Parado ali eu encontrei sentido até mesmo na degradação do planeta e nas consequências catastróficas que vieram daí: foi preciso o mundo quase acabar para que eu esbarrasse em Vitória.

Eu estava pronto pra morrer, mas não morri.

Um tiro passou zunindo por mim e atingiu o pneu do carro de passeio, que perdeu o controle e capotou. Olhei pra trás e vi a van contornando e vindo na minha direção, a janela do carona estava aberta e alguém estava com metade do corpo para fora, apontando uma arma. Mesmo com a máscara eu sabia quem estava ali. Um tiro ecoou e foi logo seguido por outro: os caras da caminhonete estavam revidando.

Em seguida tudo aconteceu muito rápido, o mundo se transformou em uma nuvem de poeira e sons de tiros. Eu senti mãos me agarrando e acabei soltando o mapa, que voou para longe. Fui arrastado, e só quando me jogaram dentro da van eu percebi que as pessoas que me arrastaram usavam o uniforme da equipe de coleta. A porta da van foi fechada e eu pude respirar.

Passou pouco mais de um minuto, mas era como se fossem

meses. Eu queria sair e ver o cenário que aqueles sons de tiros estavam criando, mas não tinha forças para isso, meus pulmões estavam a ponto de explodir.

De repente a porta da van abriu, a equipe de coleta estava voltando, alguns feridos, mas todos vivos. Vitória pulou dentro da van e me acertou com o cabo da arma, o "avante!" foi direto na minha cara. Em seguida ela arrancou a máscara e examinou preocupada o corte que tinha feito na minha boca. Eu estava sangrando, mas não era nada sério. Ela soltou meu rosto e foi se sentar longe de mim.

Nós voltamos para o bunker sem as unidades de armazenamento de energia, a recepção calorosa soou falsa e oca. Eu ignorei as palmas e segui para a enfermaria, Vitória me alcançou e segurou minha mão sem dizer nada. Minha boca doeu quando eu sorri.

O mundo estava destruído e nós estávamos ferrados, mas para mim fazia sentido tudo acabar assim.

As autoras

Mariana Bortoletti

Descobriu o que queria ser quando crescesse já quando adulta, mas ainda na adolescência escreveu seu primeiro livro, que passou das cem páginas e não saiu do papel. Apaixonada por fantasia, é comum encontrar as diversas mitologias do mundo em seus escritos, embora cada vez mais aprecie o romance pelo romance. Pretende ser dona de uma pequena livraria alternativa num futuro próximo, mas enquanto isso não acontece, se forma museóloga e escreve esporadicamente no blog Cometa de Ideias.

Karen Alvares

Karen Alvares vive em Santos/SP e escreve desde a adolescência, divulgando seus textos na internet. É formada em informática e professora na área. Foi publicada em várias antologias da Editora Andross e na coletânea *Dragões*, da Editora Draco. Também foi terceiro lugar no Prêmio SESC/DF de Crônicas Rubem Braga. Seu livro *Alameda dos Pesadelos* está em processo de edição. Adora terror, mundos fantásticos, chocolate e gatinhos.

Blog papelepalavras.wordpress.com
Twitter @karen_alvares

Bruna Louzada

Como uma estudante de engenharia mecatrônica pode ter tanta afinidade com algo além de sua calculadora 50G? A paulistana entrou no mundo literário aos trancos e barrancos: onze anos foram precisos para criar laços com os livros e mais quatro para suas primeiras palavras fluírem para o papel em branco, graças a um grupo de amigos que conheceu pela internet. E como a libriana não seria capaz de superar sozinha suas incertezas literárias, é preciso agradecer ao namorado pelo apoio e incentivo.
Twitter @miyadahira

Carol Chiovatto

Nasceu em Niterói, Rio de Janeiro, mas foi criada em São Paulo. Publicitária e apaixonada pelo universo da literatura insólita, está entre os autores da coletânea Caçadores de Bruxas, com "A Última Feiticeira de Florença", e das coletâneas a serem publicadas *Tomos Fantásticos I*, da Editora 9Bravos, com "Tirano" e *Livros*, da Editora Estronho, com "Todo Poder Emana do Povo".
Twitter @CarolChiovatto
Blog carolchiovatto.wordpress.com

Patrícia Loupee

Gaúcha, nascida em Porto Alegre e criada em toda a parte do Rio Grande do Sul. Escritora por vício e vocação, sem formação nenhuma além de 28 anos de leitura ávida e feroz, com um cartão de biblioteca completo por semestre, e eventuais escapadas da escola para leitura em livraria de shopping, durante a adolescência. Atualmente é redatora freelancer na área de web-marketing, ilustradora eventual, aspirante à romancista e dona de um apreço especial por substantivos.

Twitter @patricialoupee

Allana Dilene

Allana Dilene lê, mas acha que não o bastante; estuda mais um pouco, e de vez em quando escreve literatura. Joga RPG, games, jogos de tabuleiro e, nas horas vagas, trabalha. Adepta inveterada do "tantos livros, tão pouco tempo".

Christiane Salles

É assistente social não praticante, graduanda em Letras pela UFF, PHD em humor autodepreciativo e Jedi em treinamento. Desde pequena sempre gostou de escrever e tem como mentora a autora Suzanne Collins de Jogos Vorazes, embora também aprecie Tolkien, George Orwell e Douglas Adams. Já trabalhou em uma grande editora carioca, mas atualmente é colaboradora do site Be Style-MTV e participante do projeto social "Potter em Casas de acolhimento", além de postar suas histórias distópicas no site Wattpad.

Wattpad.com/ChrisSalles

Twitter @TheChrisSalles

Lidia Zuin

É jornalista e mestranda em Comunicação e Semiótica pela PUC-SP. Pesquisadora em comunicação, tem contos e a trilogia cyberpunk *REQU13M* publicados pela Editora Draco e é autora das monografias *Wired Protocol 7: Um estudo sobre Serial Experiments Lain e a alucinação consensual do ciberespaço* e *Kunst ist Krieg. Música industrial e discurso belicista.* Possui artigos acadêmicos publicados nos livros *Tecnologia, Comunicação e Cultura de Rede* e *Comunicação e Cultura do Ouvir.*

Blog Fiercekrieg.com

Blog Kunstistkrieg.blogspot.com

Roberta Grassi

Nasceu em Guarulhos, na grande São Paulo, em junho de 1983. A mais velha de quatro irmãs, sempre gostou de escrever. Atualmente trabalha com vendas e estuda guitarra no Conservatório Municipal de Guarulhos.

Twitter @robertagrassi

Blog esquizofreniacoletiva.blogspot.com.br

Este livro foi impresso em papel pólen bold
na PSI7 em dezembro de 2013.